ことのは文庫

花咲く神楽坂

～謎解きは香りとともに～

じゅん麗香

MICRO MAGAZINE

Contents

目次

花咲く神楽坂

～謎解きは香りとともに～

プロローグ　桜の下に眠るもの

縁側で胡坐をかき、俺はぼんやりと、色とりどりの花々を眺めていた。

木造りの廊下はガラス戸越しに暖かい陽光が差し込んでいるが、庭の草花は冬が間近だと知らせるような冷たい風に揺れていた。

そよぐ葉の奥には、紅葉した葉を散らし始めている大きな桜の木。

俺はその木に目を向けたまま、何度も読むうちによれて色あせたA五のノートを手探りで引き寄せた。

秘するもの眠る桜の下なりし

——母が遺した俳句だ。

何度も読み返してすっかり目に焼き付いてしまった、神経質さが伝わるようなその文字を目で追って、パタンとノートを閉じた。

今日だけで何回繰り返しただろう。

俺は考えることを放棄して縁側に寝そべった。背中に木の温もりを感じる。

「桜の下に、眠るもの、とは」

呟きながら、庭の中央奥にそびえ立つソメイヨシノに視線を戻した。

いつか読んだ小説の冒頭には、「桜の木の下には屍体が埋まっている」と書いてあった。

この桜の下には、いったいなにが眠っているというのだろう。

それを確かめる勇気は、俺にはまだ、ない。

第一話　一日一本のリコリス

　昼間は暖かかったのに、日が落ちると急激に気温が下がる。秋も終わりかけとなると寒暖差が激しい。

　明るいネオンに照らされて、やや勾配がきつい神楽坂通《かぐらざかどお》りを上りながら、防寒のために片手をジャケットに突っ込んだ。

「この人ごみ、どうにかならないのか」

　坂道も階段も、迷路のようだと言われる裏路地も、この神楽坂で生まれ育った俺にとっては慣れたものだが、人波には辟易してしまう。

　神楽坂は昔に比べると活気がなくなったと言われているそうだが、芸妓で知られる花柳界の最盛期なんて昭和のことだ。俺の知るここ十年で言えば、どんどん店も人も増えている。

「きゃっ」

　そんなことを考えていると、歩きスマホをしていた女性が俺にぶつかってきた。ふらつく女性を支えようと手を伸ばすと、俺を見上げた彼女は怯えたように身をすくませた。

そして、「ご、ご、ごめんなさいっ」と言いながら、脱兎のごとく人をかき分けて姿を消した。

あまりの反応に俺はそのままに立ち尽くし、伸ばしていた手で額をおさえた。

そこまで俺の人相は悪いのだろうか。

ついさっき、愛想も人相も悪いとバイトをクビになったばかりだ。ふいに追い打ちを受けてしまった。

二歳くらいの男の子を肩越しに抱く女性が俺を追い抜いて行った。背中を向けている女性の首に手を回した子供と目が合う。俺は笑顔を浮かべてみた。

すると、みるみる子供の顔が歪んでいった。

「あらあら、急にどうしたの」

女性は歩みを止めず、泣き出した子供を胸の前に抱っこし直してあやし始めた。

「やっぱり、だめか」

俺は肩を落とす。子供には申し訳ないことをしたと反省するとともに、またも心にダメージを受けた。

どうやら俺は表情が硬いだけでなく、無理に顔の筋肉を動かそうとすると恐ろしい形相になるようだ。改善しようと努力はしたが、もう諦めている。人相が悪くても生きてはいけるだろう。

俺だって生まれた時から無表情だったわけではない。きっかけがあったのだ。

「アルバイト募集」

ふいに目の前の壁にある、印刷された張り紙の文字が目に飛び込んできて足を止める。近寄ると、紙が貼られたレンガ造りの外壁を隠すように背の高い植物が並べられ、その前には階段状に色鮮やかな切り花が配置されていた。

神楽坂通りを通るたびに気になっていた店だった。

なぜなら、そこが花屋だから。

「アルバイト希望？」

「っ！」

突然後ろから声をかけられて、驚いて振り返った。そして、もう一度驚いた。

その人が、あまりにも綺麗だからだ。

〝綺麗〟という形容はおかしいだろうか。二重ではっきりとした瞳は長い睫毛がかぶさっていて、通った鼻梁の下の唇は色づいている。街灯に照らされて紅茶色に光沢を放つストレートの黒髪は肩に届くほど長い。黒いソムリエエプロンを巻いている腰は掴めそうなほど細く、華奢ではあるが、百八十七センチの俺より十センチほど低いだけだから、長身の部類に入るだろう。

つまり目の前の人は中性的ではあるが、間違いようもなく男性だ。

「車の運転免許、持ってる？」

柔らかな声音と表情で俺に問いかけてきた。

「はい。いや、あの」

普通に話を続けられて戸惑った。俺を初めて見る人は、あそこまで極端ではないにせよ、さっきぶつかってきた女性のような反応を大概するものなのだ。

「持ってないの？」

「持ってはいますけど……」

その人は俺を見上げながら細い首をかしげて、黙って続きの言葉を待っていた。前髪がサラリと流れて、その髪を長い指先でかき上げる。そんなさりげない仕草にも色気があり、同性だとわかっていてもドキリとしてしまった。

俺の歯切れが悪い理由は、この美しい店員の態度のほかにもある。

「実は俺、花が、苦手なんです」

そう言うと彼は目を丸くして、パチパチと瞬きをした。

「なぜ？」

なぜか。

理由は山ほどあるが、全て話すと長くなるし、初対面の人に語れるものでもない。

だから俺は、わかりやすい理由を一つだけ話すことにした。

「俺の名前はマツユキです。〝雪を待つ〟と書いて、待雪《まつゆき》」

「ああ、スノードロップ。もしかして、一月か二月生まれ？」

俺は頷いた。さすが花屋、話が早い。

待雪草はスノードロップの別名だ。そしてスノードロップは、一月と二月の複数の日の誕生花とされている。誕生花とは、生まれた月日にちなんだ花のことだ。

「誕生花から名付けられたんだね。親が花好きだと、そうなったりするよね」

その言葉に、背筋がひやりとする。

確かに母親は花が好きだった。家の庭に咲き誇る花は母が植えたものだ。

「僕の両親は植物関係の仕事なんだけど、『名前を考えるのが面倒だから、誕生花の薊《あざみ》にした』って言われたよ。友達に『薊って漢字は読めない』って言われるし、よく女の子だと間違われたし、子供の頃は自分の名前があまり好きじゃなかったな」

店員は眉を下げて苦笑した。女の子と間違われていたのは名前のせいばかりではないのでは、と思ったが黙っていた。

「兄も同じ理由で〝満作《まんさく》〟って名前なんだけど、適当につけすぎだって文句を言ってた」

思い出したのか、口元に指の背を当ててクスリと笑う。

「薊さん……、いえ、すみません。名字の方を教えてください」

「薊でいいよ、誕生花同士。ね、待雪クン」

そのいたずらっぽい微笑みは、またも心臓に直接衝撃を与えるような破壊力があった。

「名前の他にも花が苦手な理由はあるんですけど……。それはともかく、花が苦手なのに花屋で働けませんよね」

「花に興味があるから、足を止めていたんでしょ？」

俺は頷いた。

いい加減に俺は、過去と向かい合わなければいけない。そのためには、花は避けて通れない。

「それなら、うちで働けばいいよ。ここにいれば絶対に花が好きになるよ。花好きが増えるのは嬉しい。僕は店長の一之瀬《いちのせ》薊。よろしくね」

薊さんが右手を差し出してくる。俺は慌てて一歩下がった。

「俺なんかでいいんですか？」

「どういうこと？」

「だって俺、こんな顔ですよ」

薊さんは不思議そうな表情をして、俺の顔をじっと見る。その顔が少し揺れているのは、『眉と目が二つずつあって、鼻と口は一つある』とパーツをカウントしているかのようだ。

いやいや、違うだろう。自分で説明しなければいけないのか。この人は天然か。それとも、自分の容姿が飛び抜けていいと、人の容姿は気にならないものなのか。

「俺、さっきコンビニのバイトをクビになったんです。無愛想だからって」

顔つき自体は十人並みだと思う。若干、眉と目尻が上がっているので、目つきが悪く見えるかもしれないが、問題は顔の造形ではない。

これだけ話していれば、俺が無表情なことに薊さんも気づいているだろう。小学生の時につけられたあだ名は、〝能面〟だった。

大学に入ってから始めた軽貨物ドライバーは人とほとんど話さないので都合が良かった。体力にも自信がある。高収入だったから、免許費用をなんとか捻出して取得したのだ。

しかし二年も経たずにその会社が潰れてしまい、すぐにコンビニで働き始めたのだが、二日目の今日、客が怖がるからとお払い箱になってしまった。

「俺は接客業に向きません。裏方の仕事を探そうと思っていました」

「接客は嫌い？」

「嫌われているのは、俺の方です」

しかも俺はデカイ。なにもしなくても圧迫感があるのだろう。無愛想な巨漢なんて、花屋から一番遠い存在に違いない。

花屋といったら、可憐な女性のイメージだ。男性だったら薊さんのような、物腰の柔らかい人が似合う。

「花屋は体力勝負だよ。これから冬に向けては特にね。あまり暖房を使えないけど、寒さには強い？」

俺の勘違いでなければ、採用の方向に向かっているようだ。

「本当に、俺でいいんですか？　履歴書も見せてないのに」

「人を見る目はあるんだ。それに、アルバイトさんが続かなくて困っていたんだよ。待雪クンは真面目そうだし、煙草を吸っていないようだし」

薊さんは俺の胸元に鼻を寄せた。俺はまたドキリとして後退った。この人はパーソナルスペースが狭いようだ。俺は人と距離が近いのが苦手だった。

「未成年なので」

「そうなんだ、成人しているように見えるよ。待雪クンは大人っぽいね」

そう笑う薊さんはいくつなのだろうか。年上だろうけど、俺とそんなに変わらないようにも見える。

「煙草はダメなんですか？」

「吸う予定があるの？」

「いえ、気になっただけです」

よかった、と薊さんはにっこりと微笑む。

「煙草はエチレンガスが含まれているから、植物の老化を早めてしまうんだ。少量なら問題ないと言われているんだけど、ちょっとだって可哀想でしょ？」

薊さんは再び俺に右手を差し出した。

「じゃあ改めて。よろしくね」

柔らかな笑顔の薊さんの顔を、不思議な感覚で見返した。こんなに花屋に向かない男を、いともあっさりと受け入れてくれるなんて。人がいいのか、懐が深いのか、それともこの人独自の別の尺度を持っているのか。

「木下《きのした》待雪です。大学二年です。精一杯頑張ります」

俺はその白い手を握った。外気で冷えているはずの俺の手より、さらに冷たい。

「そうだ待雪クン、今から時間ある？」

「ありますけど」

「じゃ、入って」

店の中に招かれる。そのドアにはいつの間にか〝ｃｌｏｓｅｄ〟の札が下がっていた。どうりで立ち話をしている間、客が来なかったはずだ。

店に一歩足を踏み入れると、花々の甘くみずみずしい香りに包まれた。天井の高い店内には、大型の観葉植物と大小色鮮やかな切り花がバランスよく配置され、アンティーク家具にはプリザーブドフラワーや雑貨も並べられている。一瞬で街の喧騒が遠ざかり、異世界に迷い込んだ気分になった。

誰もが息をのむような美しいディスプレイだと理解はできるのだが、あまりの花の多さに、俺は頭を抱えたい気持ちになった。花を見ていると母親を連想してしまい、なんとも言えない気分になる。

「今から三軒ほど、配達をお願いできないかな」

早速仕事か。よほど人手が足りないようだ。

説明を受けると、配達先は全て個人宅で、それほど遠い場所ではなかった。

「遠藤《えんどう》さんは毎日行くことになるから、覚えておいてね」

「毎日？」

受注伝票を見ると、依頼人も届け先も遠藤由美子《ゆみこ》になっている。配達する花は、リコリス一本。

「一本だけですか？」

「そうだよ」

リコリスは匂いがあまりしない黄色い花だった。葉のついていない茎がスッと伸び、その先端に七つの花が等間隔で放射状についている。

「こういう花、見たことがあるような、ないような」

うちの庭には四季折々の花が咲いているので、庭で見たのかもしれない。ただ、花を直視していないため細かい形状まで覚えていなかった。

ラッピングされたリコリスを持ち上げると、思ったよりも重い。根本に丸い塊の感触があった。

「これ、球根ついていませんか？」

「うん。希望されているからね。仕入れも特注なんだ」

特注ということは、球根つきの花の依頼は珍しいのだろう。

「どうして球根つきなんでしょうね。しかも毎日一本なんて。まとめて購入したほうが早いのに」

「さあ、事情はそれぞれだろうからね。二年前からのお得意さんなんだ。もちろん通年手に入るわけじゃないから、シーズンだけね。種類によって時期が若干ずれるから、それなりに長期間お渡しできるんだけど」

「二年間も毎日一本？」

「定期的にお届けするお客様は少なくないんだよ。たとえば、月命日にお墓に花を供えてほしいって、一年分料金を前払いするお客様もいるからね」

そういう明確な理由があるならわかりやすいのに。毎日一本自宅に配送だなんて、どんな用途か気になるじゃないか。

「待雪クン、明日は出勤できる？」

そう言う薊さんから車のキーを受け取った。

「授業が午前で終わるので、遅くても午後二時くらいにはここに来れます」

「それなら、駐車場所に困らないなら車で帰っちゃっていいよ。鍵は店に来た時に返してくれたらいいから。明日は市場が休みで車を使わないし」

「……」

俺が驚いていると、薊さんは「どうかした？」と小首をかしげた。

従業員になると口約束をしたばかりの初対面の男に、車の鍵を預けるものだろうか。そりゃあ悪用しようなんて思わないけど。

なんだろう。

薊さんと話していると、胸の奥がもやもやする。

――このあと、簡単に今後の仕事内容について話を聞いてから、俺は店を出た。

俺には配達をメインに働いてほしいそうだ。配送業務なら以前の仕事で慣れているから、少しは気が楽だ。

それから花の整理や水替え作業。これが地味に大変らしい。花の名前を覚えたりラッピングをするのは難しいだろうと思っていたが、それ以前の雑用が山ほどあるようだ。もっとも、客の前に出る仕事よりはいい。

「これだな」

店の裏の駐車場に停めてある、〝坂《さか》の下《した》フラワー〟と書かれた指定の白いミニバンをみつけた。

車に手をかけた時、夜の冷たい風に乗って三味線の音が聞こえてきた。そういえば、近くに芸者が稽古を行う見番があった。風情のある音色を聞くと、神楽坂にいるのだと実感する。

乗車して配達先が近い順に花を届けると、最後に気になっていたリコリスが残った。

「金持ちだな」

届け先は高級マンションだった。エントランスのオートロックを家主に解除してもらってマンションに入ると、一階がホテルのロビーのようになっていて無駄に広く、管理人というよりもコンシェルジュという言葉が似合う制服の男性二人がフロントに待機していた。

「庶民は入らないでください」と言われているようで居心地が悪い。

毛足の長いカーペットが敷かれた、これまた無駄に長い廊下を大きな絵画を横目に抜けてエレベーターホールへ。依頼主の部屋の前まで辿りつくのに五分はかかった。

「どんだけ広いんだ」

呼び鈴を鳴らすと、エントランスのセキュリティでも聞いた、品のよさそうな年配女性の声が「はい」と応えてドアのロックが解除された。しばらくして内側からドアが開らくと、声の通りに品のいい白髪の女性が現れた。七十代くらいか、深い皺を刻んだ頬には、薄化粧が施されている。

「どうも、坂の下フラワーです。花を届けに来ました」

俺が頭を下げる位置よりはるかに下にある婦人の顔は、初めて巨人を見たとでもいうような表情だった。これが俺を初めて見る人の普通の反応だろう。さっきの二軒もそうだった。やっぱり薊さんは飄々としすぎなのだ。

「ありがとう、いつもの人と違うのね」

緊張したような手つきで、婦人は俺からリコリスを受け取った。左手の薬指にはシルバーリングがはまっている。

「これから俺が来る機会が増えると思います。木下待雪です」

よろしくお願いしますと、もう一度頭を下げた。せめて礼儀正しくしておかなければ。怖いからよこさないでくれとクレームにでもなったら、またクビになってしまう。

「一つ、聞いていいですか？」

婦人がドアを閉めようとしているところを止めた。

「なぜ毎日一本なんですか？」

一瞬、婦人の目が泳いだように見えた。しかし、すぐに笑みを浮かべる。

「花は新鮮な方がいいでしょ。また明日もお願いね」

ドアが静かに閉まった。

「そりゃそうだけど」

納得のいく答えではなかった。

喉に小骨が刺さったような違和感を抱えたままマンションを後にした。お言葉に甘えて車で自宅に帰り、ガレージに入れる。俺は免許はあるが車を保有していない。

車から降りると、一人暮らしの戸建ての我が家から光が漏れているのに気づき、俺は額に手を当てた。

「またあいつか……」

植木鉢の下から家の鍵を取って、ドアを開けた。

「お帰り、マッツー！」

甲高い声で俺を出迎えたのは、福笑いで失敗したようなお面だった。

「どう、力作でしょ。笑えない？」

隣に住む幼なじみの碓井《うすい》マリアが、おかしな動きも添えてお面を手で動かした。マリアは俺の〝能面〟を治そうと躍起になっているようだが、俺の笑いのツボには響かない。

因みに、俺をマッツーなんて呼ぶのはマリアだけだ。

「笑えない。変な面を被るのはやめろ」

「今日はいけると思ったのにな」

マリアが面を外すと、今時っぽいメイクをした顔が現れた。拗ねたように唇を尖らせている。

クリッとした大きな瞳と、小ぶりで整った鼻と唇が小さな顔にバランス良く納まっている。明るい茶色に染めた巻き髪はあざといほどフェミニンで、マリアによく似合っていた。モテ人生を歩んでいるだけあって可愛らしい容姿だが、お互いオネショをしている時代からの知り合いなので、今更見た目でときめくことはない。

「不法侵入もやめろ。いい加減、警察に突き出すぞ」

植木鉢の下に鍵を隠していることを知っているマリアは、勝手に家に入り込むのだ。そのあと、丁寧にも鍵を元の場所に戻す。

「ひどい、こんなにマッツーのために頑張ってるのに！」

細い眉をつり上げたマリアは、次の瞬間、半眼になってニタリと笑い、玄関を上がった俺に迫ってきた。

「ねえマッツー、お風呂にする？　ご飯にする？　それとも、ワ・タ・シ？」

「帰れ」

スルーして洗面所に向かうと、マリアが追いかけてきた。

「ちょっと、健全な大学男子なら、迷わずマリアちゃんを選ぶところでしょ！」

毎度のことながらマリアはうるさい。

手洗いとうがいをすませて居間に入る。室内にもかかわらず、花に囲まれる。

正確には、花の写真だ。

十二畳ほどある和室の長押《なげし》を支えにするように、三百六十度ズラリと額に入った花の写真が飾られている。お歴々のご先祖様か音楽室の作曲家たちの肖像画のような配置だ。

この花の写真は、庭に咲いている花を写したものらしい。らしい、というのは、俺が物心つく前に母が飾ったものだし、庭にどんな花が咲いているのか、きちんと確認したことがないからだ。直射日光が当たらない場所だとはいえ、写真はかなり色あせていた。

この家では母を含めて三人の葬儀をあげているが、本来ありそうな長押の位置に遺影はない。仏壇もない。苦学生にはそんな実用性のないものを購入する金などないので、別室の背の低い戸棚の上に位牌を三つ並べていた。

「マッツー、お腹すいてるでしょ？」

「ああ」

「じゃ、温めてあげるね。今日は肉じゃがだよ」

「自分でする」

「ついでだから。私も一緒に食べるから」

「お前は家に帰って食えよ」

「一緒に食べたいから待ってたの！」

一人暮らしの俺を気遣って、マリアの母親はよく飯をお裾分けしてくれる。今日のメニューは肉じゃが、シーザーサラダ、ホウレンソウのお浸し、そしてご飯にみそ汁だ。自炊が面倒なのと金がないのとで、袋麺と白飯で終わるような食生活だから本当に助かる。俺は手を合わせてから箸を持った。

「じゃがいも、芯まで味が染みていて美味い。おばさんにお礼言っておいて」

「私にも言って。ママと一緒に作ったんだから」

「感謝感謝」

「心がこもってない！」

向かいに座るマリアの傍には、大学の教科書とノートが置かれていた。勉強をしながら俺を待っていたようだ。チャラチャラしているように見えて、マリアは真面目な奴なのだ。

「バイトで帰りが何時になるかわからねえから、これからマジで来なくていい」

時計を見ると九時近かった。

「コンビニってシフト決まってるんじゃないの？」

「コンビニは今日、クビになった」

「早っ！　二日目でしょ？」

「それで、花屋で働くことになった」

「花屋」

マリアは箸を止めた。俺が花を避けていることをマリアは知っている。気を取り直すようにマリアは笑顔を作った。

「花屋って、もしかして坂下にある〝坂の下フラワー〟？」

神楽坂通りは早稲田通《わせだどお》りの一部で、大久保通《おおくぼどお》りとの交差点〝神楽坂上《かぐらざかうえ》〟から外堀通《そとぼりどお》りとの交差点〝神楽坂下《かぐらざかした》〟までの坂道を指す。だいたい四五〇メートルほどだ。

神楽坂上の周辺を〝坂上〟、神楽坂下の周辺を〝坂下〟と呼ぶことが多く、あの花屋は店の名のとおり、坂下にあった。

「よく知ってるな」

「あのイケメン兄弟の店は有名だよ。私も目の保養に時々行くんだ」

「冷やかしすんな」

「ちゃんと買ってるってば。マッツーの庭の肥料とか」

俺が触らないのを見かねたのか、うちの庭はマリアが手入れをしている。

「そういえば薊さん、兄がいるとか言ってたかな」

薊さんの兄なら、確かにイケメンだろう。

「店長さんは癒し系イケメンだけど、お兄さんもビジュアル系でカッコイイんだ！　あのお店の雑貨を仕入れているのが、お兄さんのはずだよ」

「詳しいな」

「だから、神楽坂じゃ有名なんだってば。マッツーは人に関心がなさすぎ」

ご飯のお代わりいる？　と聞かれて、俺はマリアに茶碗を差し出した。うるさいだけじゃなく甲斐甲斐しい。

「なあマリア。花屋のバイトで、気になることがあったんだけど」

「えっ、珍しいね、マッツーがなにかに興味を持つなんて」

「俺にだって好奇心はある」

人受けが悪いことを自覚しているので、自分からは人と関わってこなかった。おかげで友人がいないし、誰からも影響を受けることがなかったから趣味もない。だから何事にも無関心に見えるのかもしれない。

俺はマリアに、毎日一本ずつリコリスを購入している遠藤さんの話をした。

「なぜだと思う？」

マリアはウーンと唸って、唇をすぼめた。食べ方なのかリップの性能なのか、唇は艶やかなピンク色のままだ。

「そのおばあちゃん、七十代なんでしょ？　孤独だから話し相手が欲しい、っていうのはどう？」

「一階にはコンシェルジュが常駐してるっぽいから、話し相手には困らないんじゃないか？　俺と話したそうでもなかった」

怖がっていただけかもしれないが。

「縁起でもないけど、安否確認の一環かもしれないよ。高齢者の孤独死って問題になってるでしょ。死後何日も発見されないってリスクを避けるため、とか。……ねえ、そのおばあちゃん、そもそも一人暮らしなの？」

「どうかな。結婚指輪はしていたけど、伴侶が亡くなってもつけている人はいそうだしな」

ドア越しに見えた室内を思い出してみる。見える範囲では、家の中はスッキリと片づけられていた。靴は女性ものしかなかったような気がする。バリアフリーの奥には、車椅子が見えた。

「そうだ、車椅子があった」

遠藤さんは杖をついていなかったし、足が悪いようにも見えなかった。

「誰かと住んでるかもしれない。相手は足が悪い、もしくは、身体が動きづらい人」

「年齢的に考えれば、その相手は介護が必要な夫、ってところ？」

「だな」

「旦那さんに、毎日新鮮な花を見せたいのかな」

それなら週に一度の購入でいいだろう。切り花は一週間くらいもつ。

「球根つきってのも、引っかかるんだよな」

「わからないね。よし、ネットで検索しよう」

マリアはスマートフォンを操作した。

「リコリスと球根を入力して、と。育て方とか苗の植えつけ方法が出てくるな。マンションのベランダでガーデニングでもしてるのかな？」

「それも、毎日一本の理由にはならないだろ」

植えたいなら、球根だけ買えばいい。

「あっ！」

マリアが素っ頓狂な声をあげた。

「どうした」

「リコリスって、彼岸花のことだ。ほら」

向けられた画面を見ると、真っ赤な彼岸花が映っていた。彼岸花は曼珠沙華《まんじゅしゃげ》とも呼ばれる。

「そうか、だから見たことがある気がしたのか」

彼岸花なら俺でも知っている。店で見たリコリスと形は同じなのに、黄色だったせいで気づかなかったんだ。彼岸花は赤だけじゃなく、白やピンク色などもあるようだ。

「でね、彼岸花って毒があることで有名でしょ」

有名なのか。俺は知らなかったが。

「彼岸花は全体に毒があるけど、球根の部分、リンケイってていうみたいだけど、ここに特に毒があるんだって」

マリアが俺にスマートフォンの画面を向ける。リンケイは鱗茎と書くようだ。

「これって、毎日一本の理由にならないかな？」

「たとえば？」

マリアは身を乗り出した。真剣な表情で声をひそめる。

「サスペンスドラマとかであるでしょ、致死量に満たない毒を、毎日少しずつご飯に混ぜて、弱らせていくの。このおばあちゃん、きっと介護がつらくて限界だったのね。夫に彼岸花の毒を毎日食べさせて、そして――」

自然死に見せかけられたら、完全犯罪、というわけか。

「なんて、ね！」

マリアは笑顔に戻った。そしてスマートフォンの画面に目を向ける。

「有毒成分はリコリンとかガランタミンってものらしいけど、人が死に至るには、相当な量が必要みたいだよ。小動物はちょっとでコロリみたいだけどね。だから動物や虫避けのために、水田の畦や墓地に彼岸花を植えたんだって。彼岸花って確かに、そういうところに咲いてるイメージがあるよね」

あははとマリアは笑うが、さっきのは、かなり説得力がある話だった。

「どうして黙ってるの？　やだ、真に受けないでよ。マッツー表情が変わらないから、なに考えてるのかわからない」

「可能性としてはありだ、と考えてた。高齢なら免疫力が小動物並みかもしれない」

「やだやだ、殺人計画を立てている人が近くにいることになっちゃうじゃない。怖いこと考えないでよ」

　マリアは腕を抱えて眉をひそめた。自分で言ったくせに。

「名探偵のマリアに、もう一つ聞きたいことがある」

「なに？　話してみたまえ、ワトソン君」

〝名探偵〟という言葉に気を良くしたのか、髭を整える仕草をしてマリアは応えた。ホームズってそんなキャラだったたか？

「薊さんと話してると、ややもやするんだけど」

「どういうこと？」

　薊さんとのやりとりをマリアに説明した。話し終えるとマリアは苦笑する。

「それはきっと、マッツーと店長さんが、正反対の性格だからじゃないかな」

「正反対？」

　マリアは座卓に肘をつき、顔の前で指を組んだ。長い爪が蛍光灯を反射してキラキラ光っている。

「たとえば初対面の人に『はじめまして』と言われながら抱きつかれたとするでしょ。マッツーならどうする？」

「その前に抱きつかせない」

「たとえ話だから」

「締め上げて投げ飛ばす。止めに蹴りを入れる」

「やりすぎ」

真顔で注意された。いや、俺も冗談だったんだけど。

「驚いて突き飛ばすくらいはするだろうな」

「じゃあ、店長さんだったら、どうすると思う？」

バイトをクビになったばかりの無表情の大男を、あっさり雇ってくれた薊さんなら。

「受け止めるかも。しかも笑顔で。いやバカな……、あ、この感覚だ」

俺は胸を押さえた。

「ほら、それ。拒絶反応でしょ。いいことだよ、マッツーは社会人になる前にもっといろんな人と接して、コミュニケーション力を高めるべき。就職できないよ」

痛いところを突くな。

マリアは身を乗り出して、俺の顔を覗き込んだ。

「マッツー、少しはスッキリした？」

「ああ、冴えてるな。助かった」

フフッとマリアは得意そうに笑う。

「さて、食べ終わったし、帰ろうかな。鍋は持って帰って洗うけど、茶碗は自分で洗うんだよ」

「それくらいやるよ」

マリアは帰る準備をする。膝上丈の短いスカートなのに、どんなポーズをしても下着が見えないのは大したものだ、といつも感心させられる。

「次はどんなお面を作ろうかな」

「無駄な労力はやめておけ」

「そういうわけにはいかないよ。マリアちゃんの愛のパワーで、マッツーに笑顔を取り戻してあげる！」

鼻息を荒くするマリアにため息で応えた。

「隣とはいえ、気をつけて帰れよ」

「じゃあ送って」

「面倒くさい」

なによそれ！　と文句を言いながら、マリアは玄関のドアノブに手をかけた。

「マリア」

「なによっ」

「マジで飯美味かった。サンキューな。おやすみ」

マリアは一瞬動きを止めると、頬を染めて、大きくドアを開けた。

「ママに伝えておく！　おやすみ！」

バタンと大きな音を立ててドアが閉められた。古い家がミシリと揺れる。台風みたいな奴だ。

「彼岸花の毒、か」

毒を採取するなら、球根だけ大量に購入すればいいのではないか。むしろ毒を集めるなら、彼岸花ではなく、もっと合理的な方法があるのではないか――。

しばらく考えてみたが、納得のいく答えは見つからなかった。

「……埒が明かねえな。風呂入って寝よ」

布団の中で目を閉じ、一日を振り返る。

リコリスについて尋ねた時、俺が「なにかに興味を持つなんて珍しい」とマリアは言った。人並みに好奇心くらいあるけれど、金に余裕がなく生きることに精一杯だったから、よそ見をしている余裕がなかったのが一番の原因かもしれない。

だとしたら、人に関心を寄せるくらいの心の余裕ができたということか。

「よろしくね」

薊さんの柔らかい声と笑顔を思い出す。

ただ立っているだけで怖がられる俺を雇ってくれた薊さん。しかもその店は、俺が避けていた花だらけの場所だ。

俺の中でなにかが変わる。

そんな予感がしていた。


翌日。フラワーショップの駐車場に車を停めてから学校に行き、授業を終えて真っ直ぐバイトに向かった。

接客で忙しそうにしている薊さんから説明を受けて、まずは昼間の花の配達に出た。考えてみれば当たり前だが、時間指定の花もあるので、一日に何度も配達に出なければならない。

この神楽坂に限らず東京二十三区は入り組んだ路地や一方通行が多いのだが、神楽坂通りは〝逆転式一方通行〟といって、午前と午後で通れる方向が変わる。日本唯一とも言われている珍しい方式なので、神楽坂に慣れていないドライバーが逆走しているのを時々見かけた。

配達から戻ると、薊さんのサポートをしながら、店の掃除や花の整理、水替え作業をする。土や水が入ったバケツを持ち運ぶので、腰に負担がかかった。花屋は体力勝負だと言っていた薊さんの言葉がやっと理解できた。水に触れる機会が多いので、手も冷えっぱなしだ。昨日、薊さんの手が冷たかった理由もこれでわかった。

店にいると客がひっきりなしに来て繁盛店だと知る。俺が来る前は一人でこの量をこなしていたのだろうか。薊さんは細身なのに、かなりタフなようだ。

客が途絶えて雑談が出来るようになったのは、日が落ちた後だった。薊さんと違って半日しか働いていないのに、くたくただった。

「お疲れ待雪クン。閉店まであと二時間だから、最後の配達が終わったらあがってね。大変だったでしょ」

「いえ、配達以外はあまり役に立ってないので」

「そんなことないよ。お客さんが触ったあとの花を見栄え良く整えたり、バケツと茎を洗って水をきれいに保つのも、大切な仕事なんだよ。水替えをしないと細菌が繁殖して、花の導管が詰まって枯れてしまうんだ」

とはいえ、俺が出来る仕事が増えれば、薊さんの負担が減るだろう。早く仕事を覚えなければ。

本日三回目の配達準備をして顧客リストを見ると、遠藤さんの名前があった。リコリスの人だ。

「薊さん、リコリスって彼岸花のことなんですね。〝彼岸花〟とか〝曼珠沙華〟って書いた方がわかりやすいんじゃないですか？」

店にも切り花で売っているが、プライスカードには〝リコリス〟と書いてある。

「そうだね。でも市場では〝リコリス〟として流通しているんだ。日本では彼岸花は、不吉だと思う人がいるみたい。残念だね、こんなに美しいのに」

ねえ、と薊さんはリコリスに話しかける。

「どうして不吉なんですか？」

「それはね」

薊さんの瞳がキラリと光ったような気がした。

「彼岸花は千以上の別名があるんだ。その中には、不吉な名前も多い。〝家焼き花〟〝疫病花〟とかね。持って帰ると家が焼けるぞ、疫病が流行るぞ、って。それは昔の人の知恵で、有毒な彼岸花に子供たちを近づかせないため、あえて縁起の悪い名をつけて遠ざけた、とも言われているんだ。こういう伝承って、日本にはたくさんあるよね」

「確かに」

〝夜爪を切ると親の死に目に会えない〟という言い伝えも、照明が不十分な頃、薄暗い夜に刃物を使わせないようにする子供の躾だったという説を聞いたことがある。

「土葬の時代には、ネズミやモグラなどに遺体を荒らされないよう、墓地には彼岸花が植えられたそうだよ。それが彼岸花＝墓地のイメージになってしまって、〝幽霊花〟〝死人花〟〝地獄花〟という名がついたりして、ますます不吉だと言われてしまうことに繋がるんだ。まだまだ、その由縁はたくさんあるんだけど……」

悲しそうな表情の薊さんが、「でもね」と気を取り直したように顔を上げた。まだ話が続きそうだ。長い。俺は薊さんのなにかのスイッチを押してしまったようだ。

「千以上名前がついているということは、それだけ生活に密着して愛されている証でもあるよね。悪い意味の名ばかりじゃないよ。〝曼珠沙華〟はサンスクリット語で〝赤い花・天上の花〟の意味で、おめでたい事が起こる兆しに赤い花が天から降ってくる、という仏教の経典から来ているんだ。縁起がいいよね。それに〝リコリス〟は、ギリシャ神話に出てくるブロンドの長い髪を持つ美しい海の精〝リコリアス〟から名付けられ……」

「アーザーミーン！」

店の外から大きな声が聞こえてきた。ハスキーがかった甘やかな声だ。入り口に目を向けると、すらっと背の高いロングスカートのシルエットが目に入った。逆光で相貌まで見えない。

その人物は背中まである長い金髪を揺らし、カツカツとブーツを鳴らして入ってくると、薊さんにハグをした。

「来ちゃった！　今日も可愛いねアザミン」

「兄さん」

薊さんが驚いたような声をあげた。

この人が噂の、イケメン兄弟の兄の方か。

パーマがかかった長い髪と足首まであるロングスカートとブーツ、濃いアイメークに付け睫毛でしっかり化粧をしている。しかし華奢な薊さんと違って、骨格がしっかりしていてほどよい筋肉も乗っているので、女性に見間違えることはない。マリアがビジュアル系に例えていたが、確かにそんな雰囲気がある。

それにしても、弟のことをアザミンと呼ぶのか。明らかに猫なで声だし、弟を溺愛しているようだ。まだ抱きしめてるし。

「兄さん、待雪クンが呆れてるよ。離して」

「いいじゃない。久しぶりなんだから」

「毎日メールしてるでしょ」

俺は一人っ子だからわからないが、兄弟で毎日メールをするのは普通なのだろうか。

薊さんは兄から抜け出そうとモゾモゾと動いていたが、諦めたように兄を見上げた。

「兄さん、彼が昨日から働いてくれている、木下待雪クンだよ。待雪クン、こんな恰好でごめんね。僕の兄さんなんだけど、スキンシップが激しくて」

「どうも、兄の満作です」

俺に笑顔を向ける。瞳が青いのはカラーコンタクトだろう。目鼻立ちがはっきりしているので、外国人のように見えなくもない。独創的な服装も相まって、国も性別も超越している感じがする。何等身あるんだろう、欧米のモデルみたいな体形だ。

イケメン兄弟と噂になるだけある。兄も相当な美形だった。

「兄さんは雑貨屋を経営していて、うちに置いている雑貨は兄さんの店の商品なんだ。デザイナーとバイヤーを兼ねているから、国内外を飛び回って忙しいんだよ。ねえ兄さん、今日は海外に行くんじゃなかったの?」

「これから行く。でもアザミンがアルバイトを雇ったって言うから、チェックしないと安心して旅立てないよ」

兄が弟の額に頬をつけたまま、視線だけ動かして俺を見た。

チェックってなんだ。

「そんなことで来なくても……あ、いらっしゃいませ」

女性客が入ってきた。抱き合っている兄弟を見て、まあ、と頬を染めている。

「アザミンは仕事をしてて。そこのあなた、こっちに来て」

やっと薊さんを解放すると、兄は指先でフロアの端に俺を呼んだ。薊さんと話す時とは声のトーンが違う。

「人相が悪い」

壁を背にした俺を真っ直ぐ見ながら、仁王立ちになって腕を組んだ兄が言った。

第一声がそれか。随分態度が変わったじゃないか。いっそ清々しいくらいだ。

兄とは視線の高さが同じだった。ヒールのあるブーツをはいているとはいえ、兄の身長は百八十センチ以上ありそうだ。

「どうしてこの店を選んだの？」

美人が睨むと迫力がある。多くの人は竦みあがるかもしれない。しかし俺は睨まれることには耐性がある。

「アルバイト募集の張り紙を見ていたら、薊さんが声をかけてくれました」

「なんで名前で呼んでるの。店長と言いなさい」

「はあ」

これは面接か。兄チェックに落ちたらバイトをクビになるのだろうか。

「アザミのことを、どう思っているの？」

なんだ、その質問は。

「俺と正反対の人です」

「正反対？」

兄は意味がわからないというように眉を寄せ、「それだけ？」と続けた。

「あとは……、見たことがないくらい綺麗な人なので、びっくりしました」

兄は、ふうんと言って腕を組む。

「あなた、表情が変わらなすぎて、なに考えてるのかわからないね」

よく言われる。

「アザミンに手を出す気はないでしょうね？」

「……は？」

なにを言い出すんだこの人は。

驚いて兄を凝視する。たぶん、表情は変わっていないのだろうが。

「アザミンは天使みたいに優しくて可愛いから、男女問わず虫が寄ってくるの。兄としては心配なわけ」

「はあ」

わからなくもないのだが、成人した男に対して兄がする心配なのだろうか。過保護か。

「だから」

ドンと、顔の横に拳が叩きつけられた。兄の端整な顔が近づく。

「薊になにかあったら、ただじゃおかねえぞ」

地を這うような低い声だった。俺を至近距離で鋭く睨んでから、すっと兄は離れた。

「じゃ、そういうことで」

兄は艶やかに笑うとクルリと踵を返し、「アザミーン」と甘い声を出しながら薊さんに駆け寄った。

「……」

俺は棒立ちでその後ろ姿をしばらく眺めた後、力が抜けて壁に背中を預けた。そして深く息を吐く。

面接なんかじゃなかった。弟には手を出すなと、釘を刺しに来たんだ。

「なるほど、バイトが続かないわけだ」

後ろめたいことがあれば逃げ出したくなるだろうし、なくても兄から嫌なアプローチがありそうで面倒だ。

せっかく雇ってくれたのだから、俺は続けるけど。

それから兄は、雑貨の在庫の話を薊さんとして、店を後にした。俺をひと睨みするのを忘れずに。

なんというか、世の中にはいろんな人がいるものだ。

「兄さんとどんな話をしていたの？」

「……面接みたいなものです」

無邪気に聞いてくる薊さんに、本当のことは言えない。

「薊さん、髪型が変わってますね」

さっきまでは肩まで届くサラサラとしたストレートの髪をおろしていたのだが、三つ編みならぬ二束を絡めるロープ編みで、ふんわりとしたアップスタイルになっていた。

「やっぱり変だよね。せっかく兄さんがしてくれたから、いつも帰るまではそのままにしているんだけど」

薊さんが恥ずかしそうに頬を染めた。なんだか俺もつられそうになる。

「いえ、そんなことは」

髪をあげると細く白い首筋が強調されて艶っぽい。

恥じらっている薊さんを褒めようと言葉を思い浮かべるが、どれも男性に使っていいものか悩む単語だったので、口に出さないことにした。

「兄さん、僕の髪をいじるのが好きなんだ。だから髪を切らせてもらえなくて」

薊さんが苦笑する。だから髪が長いのか。似合っているけど。

「そういえば薊さん、彼岸花の話が途中でした」

突然の兄の登場で忘れるところだった。

「そうそう、彼岸花の名前の由来だったっけ。えっと、どこまで話したかな……」

「いえ、それは充分です。そこじゃなくて」

俺はストップの意を込めて手の平をかざした。話しだしたら、また止まらなくなりそうだ。

「彼岸花には毒があるんですよね。毎日一本ずつ彼岸花が必要な理由は、その毒に関係しているんじゃないかって考えたんです。薊さんは、そう思ったことはないですか?」

「……お客様のプライベートは、詮索しないから」

薊さんはなにかを言いかけて、別の言葉に変えたように見えた。

「薊さんも、なにか思うことがあるんじゃないですか？」

「……」

薊さんは顔を曇らせて、視線を落とした。

「遠藤さんに、直接聞いてもいいですか？　毒なんて言ったら機嫌を損ねて、この店から購入するのをやめてしまうかもしれませんけど」

ただ花を愛でているだけだとしたら、大変失礼な行為だ。でも、どうしてもそうは思えない。

「昨日、考えていたんです。彼岸花の毒を採取するのが目的なら、球根だけ買えばいいのにって。結局、毎日球根つきの彼岸花が一本ずつ必要な理由はわかりませんでした」

薊さんは考える仕草をした。そして、意を決したように俺を見た。

「待雪クン、遠藤さんに花を届ける時、僕も一緒に行くよ。遠藤さん以外の配達を済ませたら、一度店に戻ってきて。その間に閉店作業を終わらせておくから」

「はい」

やっぱり薊さんも気になっていたんだ。

一時間ほどかけて配達を終え、店で薊さんをピックアップする。

「実は、ちょっと驚いているんだ。待雪クンはお客様に深入りするタイプに見えなかったから。昨日会ったばかりなのに、先入観でごめんね」

助手席の薊さんが申し訳なさそうに微笑んだ。

「いいえ、本来はそっちのはずなので、自分でも意外です。だけど、家に帰ってから隣人と推理ゲームみたいなことをしていたら、余計に気になってしまって」

マリアと話した内容を伝えた。要介護の夫の殺人計画ストーリーだ。瞠目した薊さんの瞳にネオンが流れる。

「リコリスと結婚指輪と車椅子で、そこまで考えたんだ。すごいね。確かに遠藤さんは、旦那さんの介護をしているよ。夫婦二人で暮らしてる」

八年ほど前からアルツハイマーになった夫の介護をしていると、遠藤さんが話していたそうだ。

「毒についてだけど、一般にヒガンバナ科の植物はヒガンバナアルカロイドを含んでいて、有毒成分が二十種ほど確認されているんだ。よく食中毒として問題になるのが、スイセンだね」

スイセンなら俺でもわかる。茎が長く伸びて、横向きに白や黄色の花をつけるポピュラーな植物だ。うちの庭にも毎年咲いているはずだ。

「スイセンはヒガンバナ科なんだよ。花がついていないとニラに似ているから、誤食して食中毒になる報告が毎年のようにあるんだ。十分から三十分程度で嘔吐や腹痛などの症状が出る。軽い症状で終わるのがほとんどだけど、残念なことに亡くなるケースもあるよ。

ごく稀だけどね」

「彼岸花も、それと同じなんですね」

やっぱり、彼岸花で殺人は可能なんだ。

「どうかな。致死量のことを考えると、鱗茎を数百個分は摂取しないといけない。有毒成分を少しずつ与えて弱らせると言っていたけど、少量でも舌に痺れを感じるだろうし、料理に混ぜてわからないようにしても嘔吐してしまうだろう。胃に残った毒物も三日もすればほぼ排泄してしまって、蓄積されないはずだ」

「そうなんですか」

いい線いってると思っていたのに。

「毒は関係ないんですね。まさか本当に、ベランダでガーデニングしているのか」

彼岸花でびっしりと埋まっているベランダを想像した。いや、やっぱりおかしいだろ。

そうこう話しているうちに、遠藤さんの住む高級マンションに着いた。

「遠藤さんのことだから、お時間をくださると思うのだけど。突然押しかけるお詫びの品を買っておいたよ」

薊さんは老舗和菓子店の袋を持っていた。

「すみません、俺、そういう気が回らなくて。金払います」

「それはいいよ。僕も遠藤さんとゆっくり話をしたいと思っていたんだ。本来は事前にお話ししたいと連絡をするべきだけど、遠藤さんの反応を見たかったからね」

「反応？」

薊さんは黙って笑みを浮かべる。答える気はないようだ。

薊さんには、一日一本の心当たりがあるように見える。それなら俺に教えてくれたら済んだ話なのに、きっと考えがあるのだろう。

昨日と同じ手順で遠藤さんの住居のドアまでやってきた。どの部屋にも表札がないところが、ますますホテルっぽい。セキュリティの問題かもしれないが、不便ではないのか。

呼び鈴を鳴らすと、遠藤さんが出てきた。

「あら、今日は店長さんとお二人なのね」

「こんばんは遠藤さん。実は彼が、遠藤さんがリコリスをどう扱っているのか、気になって夜も眠れないと言うものですから、お話ししていただいてもいいですか？　これ、甘いものです。よかったら」

徹夜したことになってしまった。

薊さんから袋を受け取った遠藤さんは、同情するように俺を見上げた。

「昨日も気にされていたものね。どうぞ、おあがりになって。見せて差し上げましょう」

俺たちは「お邪魔します」と言いながら段差のない玄関を上がった。よく片づいた家だ。ディスプレイラックには夫婦の写真や高そうな皿が飾ってある。表彰状やトロフィーは、夫の仕事関係のものだろうか。高級マンションに住むくらいなのだから、功績を残している人なのかもしれない。

「こちらにどうぞ」

十畳くらいの部屋に通された。大型のベッドが置いてある。頭や足元がリクライニングする介護用ベッドだ。そこに七十代くらいの白髪の男性が寝ていた。輪郭の特徴などからさっき見た写真に写っていた男性で間違いないと思うが、別人のようにやつれていた。

ベッドサイドのテーブルには、白と黄色の彼岸花が花瓶に何本も活けられていた。他には、すり鉢とすりこぎ棒、おろし金、ハサミ、ビニール手袋、ガーゼ、ラップ、タオル。プラスティック容器には小麦粉のようなものが入っている。その手前に布が敷かれていて、その上にはピンポン玉よりも小さいくらいの白いものがいくつか並んでいた。

「あっ」

遠藤さんは少し慌てたように小走りでサイドテーブルに寄って、布を折りたたんだ。白い塊が見えなくなる。

「どうぞ、お入りになって」

俺たちはベッドの手前にある別のテーブルに促されて、椅子に腰かけた。

「飲み物をお持ちしますね」

そう言って出ていった遠藤さんは、緑茶と羊羹をお盆に載せて戻ってきた。羊羹は薊さんの手土産だろう。並んでいる俺と薊さんの向かいに遠藤さんは座った。

「リコリスを、彼岸花を配達していただいているのには、いくつか理由があるんです」

今日も薄化粧をして身なりを整えている遠藤さんは、旦那さんを見た。

「私と夫は香川県で生まれて、夫は三歳年上の幼なじみでした。通学路には田んぼが広がっていて、秋になると真っ赤な彼岸花が咲きました」

遠藤さんは懐かしそうに遠くを見つめ、笑みを浮かべる。

「今とは違って遊ぶところなんてない時代です。いつしか付き合うようになった私たちは、登下校中がデートのようなものでした。彼岸花のある光景が、私と夫の、大切な思い出の一つです。夫はアルツハイマーですから、思い出の花を飾って、少しでも調子が良くなればと考えました」

二人にとって大切な花であることはわかった。しかし、一日一本とは関係ない。

「早く核心に入ってほしい、と思っていますね」

遠藤さんはクスリと笑って立ち上がった。俺は思わず顔を押さえた。表情は変わらないはずなのに、顔に出ていたのだろうか。それとも表情が変わらな過ぎて、憮然としているように見えたのか。

「危険はないはずですけど、そこから見ていてくださいね」

俺が持ってきた彼岸花を手にすると、遠藤さんはベッドサイドのテーブルに移動した。

慣れた手つきでビニール手袋をはめて、ハサミで適当な長さに茎を切り、花を花瓶に挿した。根の部分の茶色い皮を剥ぐと、小さい玉ねぎのようになった。それをおろし金ですってすり鉢に入れる。

全て、サイドテーブルの上にあったものだ。この作業のために用意しているものだったのだろう。

それから、一センチくらいの茶色い楕円ものが入った袋を取り出した。よく見ると、びわの種のように見えなくもない。

「これはトウゴマの種です。ひまし油が取れることで知られていますね」

知られているのか。

遠藤さんは殻を剥いたトウゴマの種を二十個ほどすり鉢に入れた。そして彼岸花の根と一緒に、すりこぎ棒で潰しながら混ぜる。山芋のようだというと大げさだが、粘り気が出てきた。

「これをガーゼで包んで、足の裏に貼り付けます」

遠藤さんはすり鉢の白いものを包んだガーゼを、夫の足の裏全体に貼ってからラップを巻いて固定し、さらにタオルを巻いた。

「これで、むくみが取れるんです。夫は歩けないほどパンパンに足がむくんでしまって、痛い痛いと言っていました。腹水も溜まり、顔の皺もなくなるほど腫れていました。主治医に相談しても、腹水を抜いてもすぐに溜まるから体力を消耗するだけだし、利尿剤では限界があると言われました。そこで思い出したのが、彼岸花だったのです」

彼岸花の根は生薬名で石蒜《せきさん》とも呼ばれ、民間療法として用いられているという。

「すぐに効果があって、夫のむくみが取れました」

遠藤さんは、もう一方の足にもガーゼを貼っていく。

「私の住んでいた香川の村では、彼岸花はよく活用されました。去痰や解毒、小児麻痺の治療にも使いました。彼岸花は食料が不足した時の救荒植物でもあったので、たくさん植えられていたんですね。薬にもなるし、いざという時の食糧にもなるため、重宝されていたんです」

「彼岸花って、食べられるんですか？」

「私は食べたことがないけれど、祖母は食べたことがあると言っていましたよ。この鱗茎の部分から毒素を抜いて、でんぷん質だけ取り出すんです。お団子のようにして食べたそうです」

「へえ……」

遠藤さんの話に聞きいってしまった。

毒にもなれば、薬にもなる。

毒で命を落とす事もあれば、救荒植物として命を救う事もある。

不吉な名前もあれば、縁起のいい名前もある。

彼岸花というのは不思議な花だ。

「この生薬を作るには、生の彼岸花の鱗茎が必要ですから、毎日届けてもらっていたのです。それに、これは比較的新しくわかったことのようですが、彼岸花に含まれるガランタミンという成分は、認知症の症状の進行を遅らせる、もしくは回復させる効果もあるそうです。その期待もしています」

遠藤さんは手袋を外し、旦那さんの両足を丁寧に布団の中にしまってから、こちらのテーブルに戻ってきた。

「お花屋さん、納得していただけました？」

「すみません。彼岸花の毒を使って、なにかしているのかと思っていました」

俺は立ち上がって、深く頭を下げた。

「いいんですよ。そんなことだと思いましたから」

笑って許してくれた。夫思いでこんなにいい人を疑うなんて、俺はなんて無礼だったのだろう。

とにかく謎が解決してスッキリした。

安心した俺は羊羹にかぶりついた。甘すぎないこし餡だ。甘いものは苦手だけど、これはいける。

「遠藤さん、介護が長く続いていますね。大変ではないですか?」

黙って聞いていた薊さんが口を開いた。遠藤さんを憂うような表情だ。

「だいぶ楽になりましたよ。夫は一年くらい前から寝たきりになりましたし、言葉もほとんど忘れてしまいました。自由に動ける頃は大変でしたけどね。認知症の症状は全て通りました」

同じものを大量に購入する。コンロの火を消し忘れて火事を起こしかける。暴力的になったり、夜中に叫ぶ……。

「ずっとここで、一人で介護をしているんですよね」

「夫は施設が嫌いなんです。私がいないと暴れるので、デイサービスも使えません。でもこのマンションは、家の掃除やクリーニング、買い物のサポートもしてくれるから、なんとかなります」

さすが高級マンションだ。

「まだアルツハイマーだと診断されたばかりの頃のことです。部屋から出ないようにと伝えていたのに、勝手に外に出てしまったんです。まだ誰にも、夫の病気を伝えていませんでした」

コンシェルジュに伝えていれば、マンションから出ることはなかっただろう。

「夫は行方不明になってしまいました。警察にも連絡して、夫を探しました。どこかで怪我でもしているのではないかと、心配でたまりませんでした」

遠藤さんは手元に視線を落とした。よく見ると、左手の薬指には二本の指輪がはまっていた。

「捜索から六時間ほど経って、やっと夫は見つかりました。銀座で立ち往生していたのです。私は夫を叱りました。人様にご迷惑をおかけして、なんてことをするのだと。認知症の徘徊から行方不明になり、そのまま戻ってこないケースを知っていましたから、心配が怒りに変わってしまったのですね。夫は悲しそうに、ただ黙っていました。後から夫の鞄の中を見ると、綺麗に包装された小さな箱が入っていました。それは、私へのプレゼントでした。その日は私の誕生日だったのです」

遠藤さんはうなだれて、左手の薬指をさすった。箱の中には指輪が入っていたのだろう。遠藤さんの指には、結婚指輪と誕生日プレゼントの指輪がはまっているのだ。

「私を喜ばせようとした夫を、私は叱ってしまいました。その頃です、夫の症状が一気に進んでしまったのは。私のせいです。私は一生、夫の介護をしようと決めました」

遠藤さんは今でも叱った日を忘れられず、後悔しているのだろう。しかしそれは愛情のすれ違いだ。お互いを思っていたからこそ起こってしまった悲劇だ。

「今、つらいことはありますか？」

薊さんが優しく尋ねた。

「夫はほとんど話せませんが、痛い時だけ、痛い、つらいと呻くんです。もらっている鎮痛剤ではあまり効果がないようですし、在宅医療の先生を呼べば強い薬を打ってくれますが、すぐに駆けつけてくれるわけではありません。夫に痛い思いをさせていることが、一番つらいですね」

「在宅医を見直してもいいかもしれない」

俺は母を思い出しながら言った。母も病院が嫌だと言って在宅医療を選んだ。

「緩和ケアに力を入れている医者なら、自宅にいながら痛みを取る方法を提案してくれるはずです。病院のナースコールみたいに、ボタン一つで家まで駆けつけてくれる介護サービスがある施設もあります」

「待雪クン、詳しいね」

薊さんが驚いたように言う。

「……少しだけ」

母を看取っているので、と言うと空気が重くなりそうだから、口には出さない。

「一人で介護をしていたら、思いつめてしまうこともあるでしょう。これもなにかのご縁ですから、なにかあったら相談してくださいね」

薊さんは血管の浮いた皺だらけの遠藤さんの手を両手で握った。

「ありがとう、店長さん。頼りにさせていただくわね。そちらの方も、夫への気持ちを思い出させてくれてありがとう。また改めて、頑張れそうな気がするわ」

遠藤さんはそっと目元をぬぐっている。その表情を見て、薊さんはゆっくり立ち上がった。

「そろそろ、おいとましましょうか、待雪クン」

促されて俺も立ち上がった。

「遠藤さん。あれ、もういらないんじゃないですか？」

薊さんはサイドテーブルを指さした。その指先は、白い粉の入ったプラスティック容器を示しているようだ。

そういえば、あのテーブルに載っているもので遠藤さんがさっき使わなかったのは、プラスティック容器と布だけだ。

「ええ、そうね。捨ててしまいましょう」

遠藤さんは容器を手にすると、軽やかな足取りでキッチンに向かい、シンクで白い粉を全て水に流してしまった。

「あの粉はなんですか？」

「後で説明するよ」

俺が尋ねると、薊さんが小声で答えた。

「お邪魔しました。明日もリコリスをお届けしますね」

「ええ、お願いするわ」

遠藤さんは、憑き物が落ちたような晴れやかな笑顔だった。

俺たちは遠藤さん宅を後にした。

「さっき捨てた粉、なんですか？　小麦粉とか片栗粉みたいに見えましたけど」

車に乗り込んだ俺は、薊さんに聞いた。

「リコリスの鱗茎だよ」

「彼岸花の根ですか？　それは毎日、旦那さんの足の裏に使ってるんじゃ」

「僕たちがベッドの部屋に入った時、遠藤さんが慌てて布を折ったのを覚えてる？」

そういえば、そんなこともあった。布の上には、ピンポン玉より小さくて白いものがいくつか載っていた。

「僕はあまり目が良くないからはっきりとは見えなかったけど、布の上にあった白い塊は、おそらく鱗茎だよ。干していたんだね」

「どういうことですか？」

「鱗茎を乾かしてすり潰して粉にして、容器に溜めていたんだ」

「それって……いえ、彼岸花って食べられるんですよね。団子にして食べようと思っていたとか」

あんな旦那さんを思っている人が、毒を盛ろうとしていたはずがない。

「その可能性はゼロではないけどね。リコリスの毒は水溶性だから、何度も洗ってでんぷんを残せばいいのだけど、手間の割に量は取れない。この飽食時代に食べるようなものではないよ。容器にはかなりの粉が入っていたから、乾かした鱗茎を、そのまますり潰したものだと思う」

あの容器に入っていたのは、毒入りの粉ということか。

「つまり、やっぱり遠藤さんは旦那さんを殺そうとしていた、ってことですか？」

「実際に行動するかは別として、手元に毒を置きたかったんじゃないかな。自殺願望のある人が、致死量の毒を身につけるって話、聞いたことない？　いつでも死ねるという安心感から、逆に自殺の抑止になることもあるって。そういう心境だったのかもしれないね」

旦那さんが苦しむのを見るのがつらいと言っていた遠藤さん。旦那さんを楽にしてあげたいと思いながら、彼岸花の毒を集めていたのだろうか。

「僕のところにリコリスを探しに来た頃は、純粋に生薬のためだったと思うよ。根付きで一本ずつ購入すれば、思い出の花を飾れるし、鱗茎に利尿効果と認知症の回復効果もあるなら、一石三鳥だからね。毒のためなら、待雪クンが言っていたように、鱗茎だけ購入した方が手っ取り早い」

介護をしているうちに、考えが変わったのかもしれない。介護疲れで自殺をする人がいるくらいだ。肉体的、精神的に追い詰められていったのかもしれない。

いつまで介護を続けるのだろうという不安や、今後生きていても夫はつらいだけかもしれないという思いから、彼岸花の目的は、生薬から毒になった。

「実は、遠藤さんの様子が変わったな、と感じることはあったんだ。介護のことも心配だったし、リコリスの用途についても聞きたかったけど、どうすることが遠藤さんのためになるのか判断できなかった。遠藤さんから話してくれたらいくらでも協力をしたけど、こちらから踏み込んじゃいけないと思っていたんだ」

「それなのに俺、ずかずか土足で入ったんですね。すみません」

「ううん、これで良かったんだよ。遠藤さん、いい笑顔になってたじゃない。待雪クンのおかげだよ。ありがとう」

「そんな」

ただの好奇心が、たまたま上手くいっただけだ。それも、俺一人じゃ真相まで辿りつけなかった。

「九時すぎちゃったね。なにか食べて帰ろうか。奢るよ」

「申し訳ないです。飯は食いに行きたいけど、割り勘で」

「今日の待雪クンは功労者だからね。素直に奢られなさい。なにを食べたい？」

薊さんの笑顔を見ていると、心が温かくなるようだ。

昨日今日はいろんな人に会って、いろんなことがあって、今まで使っていなかった感情が動いた気がする。

　これまで俺は、なにかをしようにも相手から避けられていたし、避けられるのが嫌でこちらからも近づかなかった。だからなにも始まらなかった。

　だけど、急に薊さんが飛び込んできた。パーツが足りずに止まっていた歯車が、薊さんが入ることで稼働し始めたかのようだ。

「お礼を言うのはこっちです、薊さん」

「なにか言った？」

「はい。俺、ラーメン食いたいです」

「了解。と言いつつ、僕、飲食店をあまり知らないんだよね。ネットで美味しい店を調べよう。検索するの、あまり得意じゃないんだけどね」

　スマートフォンを不器用に操作する薊さんの横顔を見ながら、俺はこの出会いに感謝した。

第二話　今、一番欲しいもの

「僕、ストーカーに遭っているかもしれない」

開店前の花屋の店内で、店主は秀麗な相貌を曇らせて重いため息をついた。俺は驚いて手を止める。

「ストーカーって、つきまとわれたり、家に押しかけられたり、隠し撮りされた写真付きのメールがたくさん届いたりする、あれですか？」

「そこまで具体的じゃないよ。勘違いかもしれないいんだけど」

十二月に入り、本格的に寒さを増してきた冷えたバックヤードで、俺と店長の薊さんは花の水揚げ作業をしていた。

水揚げとは、根を張っている状態とは違い、水を吸い上げる力が弱くなっている切り花に、しっかり水を吸い上げさせる作業をいう。特に市場から入荷したばかりの切り花は乾いて弱っているので、素早く水揚げをすることが大切だ。

余分な葉を取り、茎を斜めにカットして何本かまとめて新聞で巻き、水に浸けるというのが基本の作業だが、お湯を使ったり茎の先を焼いたりと、花の種類によって水揚げ方法が違う。しかも何百本もこの処理をしないといけないので、スピード勝負だった。

この作業を施してから花がシャキッと元気になるまでに二時間ほどかかり、そうなってからでないと店頭に陳列できない。水揚げが充分でない植物の葉や花弁はヨレヨレで一目でわかる。

「一週間くらい前から、帰り道で背後に人の気配を感じてたんだ。それが一昨日、同じ速度でついてくる足音が、すぐ後ろからはっきりと聞こえて……。だから家まで走ったんだけど。昨日も同じことがあったから、なんだか怖くて」

薊さんは作業をする手を止めないまでも、動きにいつものキレがなかった。俺も作業を再開する。

「振り返りました？」

「そんなことできないよ」

薊さんは首を振って華奢な肩を小さく震わせた。肩まで届く髪がさらさらと揺れる。

「足音でなんとなくわかるんだよね、ただ方向が同じ人なのか、追いかけられているのか。何度も後をつけられたことがあるから」

「何度も？」

「学生時代とか、いたずらでよくあるでしょ」

いや、ない。

それはいたずらじゃなくて、薊さんに気のある連中が、家を特定したかったのでは。

「だから、ちょっと変だな、と思ったら走って逃げる癖がついてるんだ。ここ数年はなかったのになあ」

薊さんは肩を落とした。うつむき気味に作業をしていると、横顔のラインが計算し尽くされた彫刻のように美しい。

薊さんの兄が「男女問わず虫が寄ってくる」と言っていたけど、こんなに綺麗なら、後を追いかけたくなる気持ちもわからないではない。ストーカーは、〝ダメ。ゼッタイ〟なのだが。

「ストーカーか」

俺は小さく呻いた。

実は、思い当たることがあった。

花屋のバイトを始めてから一か月ほどが過ぎ、任される仕事が増えてきた。その中の一つが、パソコンを使うものだ。

薊さんはパソコンが苦手だというので、プリンターで打ち出しているプライスカード作りは俺の担当になった。カードには花の名前や価格以外に、名前の由来や産地、花言葉などのちょっとした情報を入力するので、花の知識も増えてきた。

そのプライスカード作りのついでに、ほとんど意味をなしていなかったこの店のホームページを、大幅にリニューアルしてみたのだ。今時、ｗｅｂマーケティングをしないのは損だ。

その際に、薊さんがラッピングや花束を作ったりしている動画も、ホームページ上にアップした。鮮やかな手さばきで見事な花束を作り上げるのは神業のように見えたし、それが薊さんの比類ない美貌と相まって、見る者を魅了するエンターテインメントとして充分成り立っていると思った。俺が毎回見とれているだけでは、もったいないではないか。

動画の撮影は、薊さんの許可を取って行った。初めは恥ずかしいと断られていたのだが、手元だけを映すことで許可をもらった。

しかし俺は、当然のように薊さんの姿も撮影したわけだ。

この動画は予想どおりの反響で、再生数もすごいことになったし、店の客足も伸びた。元々二人だけで回すには厳しいほど忙しい店だったので、閉店後の仕事が増えて自分の首を絞める結果となったのだが、勤めている店が繁盛するのは良いことだ。

因みに、俺を見るなり顔色を変えて帰る客もいたのだが、それは薊さん目当ての冷やかしだったと思うことにする。俺が売上を落としていると考えたくはない。

それにしても、Ｕターンするほど俺は恐ろしいのか。確かに目と眉はつり気味だし体もデカイが、噛みついたりはしないのに。

——そういうわけで、薊さんにストーカーがいるとしたら、俺が薊さんの姿を動画にアップしたことが原因かもしれないのだった。

「薊さん、今夜は家まで送ります」

「待雪クンが？　そんな、悪いよ」

「お構いなく。腕には自信がありますから、安心してください」

そもそも、俺のせいかもしれないのだから。

薊さんは迷っているようだったが、

「お言葉に甘えようかな。待雪クンがいてくれたら心強いよ」

と言って、照れ笑いを浮かべた。

こうして閉店後、俺は待雪さんと帰ることになった。

「十時過ぎちゃってるね。最近、遅くまで残ってもらっちゃってごめんね」

「いえ、ありがたいくらいです」

働いた分の給与はもらっている。しかも時給はコンビニのほぼ倍で、以前の軽貨物ドライバーよりも高いので、定番の袋麺と白飯に加えて肉や野菜も買えるようになり、偏った食生活から脱却できた。

薊さんの家の住所を聞くと、俺の家とそう離れてはいなかった。危険を回避するだけなら車で送ればいいだけなのだが、本当にストーカーがいるのか確かめるために、あえて歩いて帰ることにした。

「寒くなると、星が綺麗に見えるよね」

都会の真ん中にある神楽坂とはいえ、裏路地に入れば街灯が減り、ぐっと星が見やすくなる。

「あの星、三つ並んだ星座って目立つよね。なんて名前だったかな」

「オリオン座です」

ギリシア神話に登場する狩人・オリオンがモデルの形で、三つ並んでいるのは腰のベルトの部分だ。砂時計のような形をしているので、見つけやすい。

「オリオン座と、近くにあるこいぬ座、おおいぬ座の一等星を結んでできるのが、冬の大三角形です」

俺は指で星を辿って見せた。

「待雪クン、星座に詳しいんだね」

「教科書に載っていた範囲しか知りませんよ」

「じゃあ、あそこの……あっ」

「薊さん、前を向いて歩いて下さい」

躓いて転びそうになった薊さんの腰を支えた。思わぬ軽さだった。

薊さんは植物に関しては半端なく知識量が豊富なのだが、そのほかに関しては、驚くほど抜けていることがある。特にＩＴ系だ。パソコンを両手の人差し指だけで操作しているのを見た時には、我が目を疑った。

「ありがとう。待雪クンの身体、逞しいね。鍛えてる？　なにか運動してた？」

抱きとめられた薊さんは、離れるどころか、俺の身体をペタペタと触りだした。相変わらず距離が近すぎて戸惑う。薊さんからは花屋と同じ甘い香りがした。

「中学で剣道をしていました。運動癖がついたので、その後も鍛えていますけど」

中学では個人戦で全国大会まで進んだので、強かったと言っていいだろう。剣道は好きだったが、高校は学校以外の時間をアルバイトに費やさなければいけなかったので、部活ができなかったのだ。

「だからだね。待雪クンってすっと姿勢がよくて、恰好いいなと思っていたんだ」

今度は背中を触り始めたので、俺は薊さんを引きはがした。そんなにくっつかれたら、さすがに恥ずかしい。

そんな話をしながら歩いていると、後ろから足音が聞こえてきた。

「待雪クン」

薊さんが心配そうな表情で俺を見上げる。

「少し、早歩きをしてみますか」

歩く速度を変えても、足音はピッタリとついてきた。ヒールの低い硬い靴底のようだ。

歩く感じからしても男性だと思われる。

「確かに、つけられているようですね」

周囲の人通りは少ない。角を曲がってから俺は角に立ち、薊さんを背中で隠した。

「待雪クン、逃げないの？」

「それじゃあ俺が来た意味がないでしょう」

小走りになった足音が近づいてきた。角から男が姿を現す。眼鏡をかけた紺のスーツ姿の男だ。三十代半ばくらいだろうか、俺と目が合うと、「わっ」と悲鳴のような声をあげた。

「なんの用だ」

俺は男の胸ぐらをつかんで壁に押しつけた。ネクタイをしているから締めやすい。

「苦しい。待ってください、わたしはそこの、一之瀬薊さんに用が……」

「だから、なんの用だと聞いている」

相手が爪先立ちになるくらいに持ち上げた。やりすぎてオチないように気をつける。

「一之瀬さんの、一之瀬満作さんの紹介で……」

「え、兄さんの」

薊さんが背中からひょっこりと顔を出した。

手を離すと、男は屈んでゲホゲホとむせた。加減をしてやったのに、大袈裟な。

「どうして後なんてつけたんだ」

「そんなつもりじゃなかったんです。昼間に店に行ったのですが、お客さんが多くて忙しそうでしたし、落ち着いてきたらレジにいるのはあなたで、その、声をかけるのが怖くて」

悪かったな。

「結局、店が終わる頃にまた来たのですが、店を出てきた一之瀬さんに声をかけるタイミングを計っているうちに、見失ってしまって……」

「一週間も前から、そんなことをしていたのか」

なんて要領の悪い男だ。

「いえ、わたしが初めて店に行ったのは、一昨日です」

俺は、おや、と引っかかった。

薊さんは一週間ほど前から人の気配を感じていたと言っていなかったか。薊さんの勘違いだったのだろうか。

「僕に話があるんですね」

薊さんは気にした様子もなく、屈んでいる男に手を差し伸べた。その手を握って男は立ち上がる。その際、薊さんがよろけたので、俺はさりげなく支えておいた。

「相談に乗ってもらいたくて来ました。でも、出直した方がいいですよね、こんな時間ですから」

「何度も足を運んでもらっているようですし、よかったらこれから話しませんか？　待雪クンもつきあってもらっていい？」

後半は俺に顔を向けて薊さんが言った。俺は「はい」と頷く。まだ信用できる男なのか、はっきりしないからな。

この時間になると、めぼしい喫茶店は閉店しているか閉店間際だ。俺たちはファミリーレストランに移動した。夕食は花屋にいるうちに済ませているので、ドリンクバーを頼んだ。空気を読んで、最年少の俺が三人分のドリンクを取りに行くことにする。

「兄さんの仕事関係の方なんですね」

「弊社は生活雑貨を扱っていて、一之瀬さんの商品を卸してもらっているんです。人気が高くて、本当にお世話になっています。遅れましたが、わたしはこういう者です」

男が薊さんと俺に名刺を渡す。そこには黒川翔《くろかわしょう》と書いてあった。大手チェーンストアの営業だ。

「二か月ほど前に雑談の中で、植物のことで気になることがあると一之瀬さんに話したんです。『弟が詳しいから相談するといい』と、お店の場所を教えてもらいました。あの頃は、ちょっと気になるという具合だったのですが、その問題が続いておりまして。いよいよ不気味になったので、ご相談に」

まだ本題に入らないのか、回りくどいな。

薊さんに話しかけるのに三日かかったことや、今の話の運びも含めて、営業職と思えないほど要領が悪い男のようだ。

「どうされたんですか？」

黒川さんはコーヒーをすすって、アチッと顔を顰めた。しかも眼鏡が曇っている。どこまでも鈍くさい。

「実は、自宅に毎月一つ、植物が届くんですよ」

「なにが届いたのですか？」

「植物の名前がわからないので、見ていただきたいのですが」

黒川さんはスマートフォンをテーブルに置いた。

「三か月前はこれです」

鉢に植えられた紫色の花の写真が画面に映っている。茎の上部に、綿に包まれたような小さな花がいくつも密集して咲いていた。

「これはアメジストセージですね」

「さすが、一目でわかるんですね。それはどんな花なんですか？」

黒川さんは身を乗り出した。

「シソ科の多年草です。観賞用、食用、お香用など、様々な用途があります。セージは

〝不老長寿のハーブ〟とも呼ばれていて、消化促進、強壮、抗酸化作用などがあると言われています。ソーセージのセージは、このハーブのセージといわれているんですよ」

「さすが、お詳しいですね」

黒川さんは感動したように表情を輝かせた。

「アメジストセージ、でしたっけ。それが、三か月前に玄関の外側のドアノブに、袋に入れられてかかっていたんです。メッセージもなにもありませんでした。妻と娘の三人暮らしなのですが、家族も知らないと言っていました。綺麗な花ですし、真新しい鉢に植えられていますから、別の家に届けようとして間違えたんだろうと思いました。ところが、その一か月後。今から二か月前に、これが届いたんです」

黒川さんは、スマートフォンの画面をタッチした。別の植物が現れる。筒状の蕾から先が五つの花びらになっている白い花だ。この花も植木鉢つきだ。

「これはジャスミンです。花の香りと成分を移したジャスミンティーは、一度は飲んでいるのではないでしょうか。ミネラルやビタミンCを多く含むことから美肌効果が期待できると言われますね。脂肪の分解を促進する効果も注目されています。濃厚な甘い香りも人気です」

さすが薊さん。花の名称だけでなく、ポンポンと雑学が出てくる。

「名前は聞いたことがありましたけど、この花がジャスミンというんですね。知らないものだなあ」

　黒川さんは心底感心したように薊さんを見る。

「……これで植物が届くのは二度目になりますから、これは家を間違えたんじゃない、うちに届けられたものなんだと確信しました。誰がなんの目的で置いているのかわからないので、気持ちが悪いじゃないですか。この頃、一之瀬さんに話をしたんです。でも実害はないので、すぐに忙しい仕事の方で頭がいっぱいになりました」

　そう言いながら、黒川さんはスマートフォンを操作した。

「そして先月、今度はこれが、同じようにドアノブにかかっていました」

　これもまた、鉢に植えられた植物で、青っぽい花が咲いている。これは花よりも、上に向かってツンツンと伸びている葉の方に特徴があった。松の木の葉の形に似ていなくもない。

「常緑性低木のローズマリーです。通年栽培できて育てやすいので、ガーデニングに適しています。乾燥させたローズマリーは除菌や消臭に役立ちますよ。香りには様々な作用があるので、アロマとしても人気です。たとえば、中枢神経への刺激作用で脳が活発化して、集中力や記憶力を上げると言われています。古代ギリシャの学生たちは、髪にローズマリーの小枝をさして勉強したという逸話があるほどです。シェークスピアの『ハムレット』の中でも、オフィーリアがローズマリーを『ものを忘れないようにする花』だと言うシーンがあります」

薊さんは画面のローズマリーを見ながら説明する。柔らかな声で、まるで歌うように語るので、つい聞きいってしまう。ふと黒川さんを見ると、うっとりした目で薊さんを眺めていた。話は頭に入っているのだろうか。

「黒川さん、今月も届いているんじゃないですか？」

「なにがですか？　あっ、いえ、そうなんです！」

俺が話を振ると、黒川さんは慌ててスマートフォンを操作した。大丈夫かな。

画面には赤い花を咲かせた植物が表示された。よく個人宅や街の花壇で見かける花なので、ポピュラーなのだろう。

「これはゼラニウムです。ガーデニングの初心者でも安心な植物ですね。虫がつきにくいですし、可愛らしい花が長く咲きます。ヨーロッパでは、魔よけや厄よけの効果があるとされ、窓辺に好んで置かれるようです」

「そうですか……」

黒川さんは困った顔をする。

「どうかしましたか？」

「こんなに解説していただいたのに、申し訳ない。花の説明を聞いたら、なぜ花が届くのかわかる気がしたんですけど、さっぱり見当がつかなくて」

「花が届く以外に、変わったことはないんですか？」

「ありません。なんだか気持ちが悪いですよね。誰が、どんな目的で植物を置きに来るのか、わかりませんか？」

「そうですね……」

薊さんは小首をかしげた。いくら植物に詳しいとはいえ、これだけの情報でそこまで求めるのは無理があるだろう。

「薊さん、この四つの植物に共通点はありませんか？　目的があるのなら、そこからせめると見えてくるかもしれません」

俺がそう言うと、頬杖をついて、考えるように視線を落とした。長く黒い前髪がサラリと頬にかかった。

「アメジストセージ、ジャスミン、ローズマリー、ゼラニウム……」

薊さんは「この四つの共通点といえば……」「でもそれにどんな意味が……」などと小さく呟いていたが、その口が、「あ」という形で止まった。

「なにかわかったんですか？」

薊さんは俺に、なんとも言えない複雑な表情を向けた。

えっ、なんですか、その顔は。

俺の乏しい表現力を使うと、はにかむ乙女のようだった。

薊さんはすぐに顔を伏せて、長い髪の中に顔を隠してしまう。次に顔を上げた時には、もう表情を改めていた。

「黒川さん、届いた植物はどうされていますか？」

「玄関の靴箱の上に並べて置いています。妻と娘が、捨てるのはもったいないと言うものですから。わたしは反対したんですけどね」

薊さんは「そうですか」と頷いた。

「ご家族に話を聞いてもいいですか？」

「妻にですか？　ええ、専業主婦なので、昼間は時間があると思います。でも、知っていることはわたしと変わらないと思いますよ」

「植物が届いた日付を覚えていますか？」

「お話ししたように、月に一度です」

「正確な日付は？」

「それは……どうだろう。妻も記録しているかどうか」

「写真を写した日付でわかるんじゃないですか？」

俺が尋ねた。

「この写真は、一之瀬さんに相談するために先日まとめて撮ったんです」

「では、それは奥様にお聞きしましょう。他にもご存じのことがあるかもしれません。よろしくね、待雪クン」

「えっ、俺が行くんですか？」

急に水を向けられて、飲んでいたコーヒーが気管に入りそうになった。

「うん。明日の配達の合間に行ってもらっていいかな？」

「それは構いませんけど……なにを聞けばいいのか。植物が届いた日付でしたっけ」

「うん」

「他に、マストで聞くことはありますか？」

「そうだね」

少し考える仕草をしてから、薊さんは微笑んだ。

「今、一番欲しいもの、かな」

「欲しいもの？」

俺と黒川さんは顔を見合わせた。それに、どんな意味があるのだろうか。

黒川さんの家の住所を聞き、これでお開きとなった。駅に向かう黒川さんとわかれたが、しばらく薊さんとは帰る方向が一緒だ。

「薊さん、さっきなにか気づいていたでしょ。教えてくださいよ」

「まだはっきりしないから」

歩きながら問い詰めるが、はぐらかされてしまう。

「そうだ、さっき話をしていて思い出したんだ。これあげる」

薊さんは鞄から出した手の平くらいの長方形の箱を俺にくれた。

「ハンドクリームですか？」

「うん。僕も同じのを使ってるんだ。水仕事が多いから、手入れをしないと荒れたりあかぎれになったりしちゃうよ」

「俺は皮膚も丈夫なので、大丈夫だと思います」

「花屋はそんなに甘くないよ。ジャスミンの香りがするんだよ。さっきの今で、ちょっと渡しづらいんだけど」

なぜ渡しづらいのか。四つの謎の植物として登場したからか。

「手を出して。今塗ってあげる」

薊さんは自分のハンドクリームを取り出して、なぜかいたずらっ子のような笑顔を浮かべた。

「いえ、いいですよ」

「遠慮しないで」

薊さんに強引に手を取られた。

「待雪クン、手も大きいね。僕の一・五倍くらいありそうだよ」

チューブからクリームを出して、手に塗りこめられる。清涼感のある甘い匂いがした。

「ジャスミンは〝香りの王様〟と呼ばれていて、世界三大美女のクレオパトラにも愛されたといわれているんだ。女性だけじゃなく、男性用の香水も人気なんだよ」

薊さんはクリームを塗りながら、手のマッサージをしてくれていた。手の平にはたくさんのツボがあるからか、ほどよい強さで揉み解されると、かなり気持ちがいい。

すぐ近くに、薊さんの端整な顔があった。人と距離が近いのは苦手なのだが、薊さんは気にならなくなってきた。慣れだろうか。

「リラックス効果もあるんだ。どう？」

「気持ちいいです」

甘い香りも相まっているのか、頭がふわふわする。薊さんにもたれてこのまま眠ってしまえたら、どんなに心地がいいだろう。実際にそんなことをしたら、薊さんがつぶれるだろうが。

「はい、おしまい」

両手にクリームが塗られ終わった。薊さんの手の温もりがなくなって、淋しい気がする。俺は手をさすった。

「意外に、サラサラしていますね」

薊さんは「そうでしょ」と言って微笑んだ。

「今日はありがとう。明日もよろしくね」

薊さんは手を振って帰っていった。

薊さんと別れてからの家路は、それまでよりも寒く感じた。深夜に近づいているからか、一人だからか。

「マッツー！」

植木鉢の下にある鍵を取り出して家に入ろうとすると、隣の二階の窓から声が降ってきた。幼なじみのマリアだ。

「ひゃあ寒い！　今日、メッチャ遅くない？　もしかしてブラック企業？」

「そんなわけあるか」

「毎日遅いじゃん！　夕食一緒に食べたいよう」

「遅くなるって言っただろ」

「じゃあ、明日の朝ごはん作ってあげるから、一緒に食べようよ」

「いいよ、そんなの」

「だめだったら！　マッツー、明日は二限目からでしょ？　九時半に家を出れば間に合うよね。八時に行くから。おやすみ！」

俺が返事をする前に窓が閉まった。勝手な奴だ。それにしても、なぜ俺のスケジュールを覚えているんだ。

「まあ、いいか」

遠藤さんの彼岸花の時のように、黒川さんに届く植物の話をマリアにすれば、考えが整理できるかもしれない。

翌日。八時ぴったりに呼び鈴が鳴った。ドアの外でマリアが紙袋を提げて立っている。紙袋の中は食材だろう。冬だというのに、今日も膝上のスカートをはいていた。寒くないのだろうか。

そしてマリアは、唇の部分がひょっとこのようになっている、立体的なマスクをつけていた。しっかりメイクをしている分、違和感が半端ない。

「マッツーおはよう！」

「おはよう。お前は朝からアホなのか」

「え、面白くない？　お店で見た瞬間、私は笑ったんだけどな。これもダメか。マッツーのツボは難しいなあ」

マリアは残念そうな表情でマスクを外した。

「マッツー。髪が濡れてるね」

「ドライヤーの途中だったからな」

俺が髪を乾かしている間に、あっという間にマリアは朝食の準備をした。オムレツ、ベーコン、ウインナー、明太ポテトサラダにオニオンスープ、そして食パン。

「明太ポテトサラダは、ママが作ったのを持ってきた」

「この中で一番時間がかかるメニューじゃねえか」

だから早かったのか。

とはいえ、マリアも料理が上手いのはわかっている。俺は手を合わせて、感謝しながら食べることにした。

「昨日、薊さんに変わった相談が舞い込んできたんだ」

「なに？」

食事を済ましてから、ファミリーレストランでのやり取りをマリアに説明した。座卓には食後のコーヒーが置かれ、湯気を立てている。

「今の話の流れだと、アメジストセージ、ジャスミン、ローズマリー、ゼラニウムの、四つの共通点を探すのがよさそうじゃない？」

「わかるか？」

昨夜は帰宅が遅くなったので、植物のことを調べることなく寝てしまった。

「花屋歴一か月のマッツーはどうなの？」

「もちろん、わからん」

「じゃあ、ネットで検索してみよう」

マリアはスマートフォンを取り出した。

「お花といえば、花言葉だよね。なんだろう……。アメジストセージは家族愛、家庭的。ジャスミンは、愛想の良い、愛らしさ、官能的。あとは花の色によって違う言葉もあるよ」

「白だった」

「じゃあ、温順とか柔和、好色ってのもある」

「ローズマリーは？」

「なんかいっぱいある。追憶、思い出、記憶、変わらぬ愛、とか」

そういえば集中力や記憶力を上げる効果がある植物だと薊さんが言ってたっけ。花言葉にもなってるんだな。

「ゼラニウムは？」

「これも花の色によって違うな。赤って言ったっけ？」

「そう」

「全般としては尊敬、信頼、真の友情。赤は、あなたがいて幸せ」

全て聞き終わって考える。共通点があるような、ないような。

「花言葉を繋げると、意味が通じる言葉になる気もするね」

その路線でいいのだろうか。月に一度届いていたものだ。言葉を繋げる前提なら、順番も意識しそうなものだ。届いた順に繋がらないなら、別の共通点を探した方がいい気がする。

「薊さんの説明は、食べたりするといい効果がある、って話が多かったんだよな」

「ああ、それを言うなら、四つともハーブだよ」

「ハーブ、ってどういうものだ？」

聞き慣れた言葉だけど、知っているようで定義がぼんやりしている。

「健康や美容に役立つ植物の総称だね。料理の香り付けや保存料、薬、香料にもなる。ハーブティーなんて代表的だし、料理によく添えられてるよね」

どうりで体にいいって話が多いはずだ。

「じゃあ共通で、なにかの症状に効く効果はないか？」

「効果か」

マリアが検索する。

薊さんに、黒川さんの奥さんにするマストな質問を尋ねたら、「今、一番欲しいもの」を聞くようにと言われた。それは「健康」なのではないか。

たとえば奥さんに高血圧でも不眠でもメタボ気味でもなんでもいい、困ったことがあるとしたら。誰かが、それを治すためにハーブを置いているのかもしれない。

……もしそうだとすると、誰が置いてるんだ。奥さんのファンか。

「そんなの、直接渡せよって話だな。好感度が上がるだろうし」

「マッツー、なにブツブツ言ってるの」

マリアにばかり任せていないで、自分でも調べようとスマートフォンの画面を見ると、時計が目に入った。

「あ」

「あっ、マッツー、時間だ！」

九時半を回っていた。

「片づけておくから学校に行って。鍵ちょうだい、いつもの場所に置いておくから」

「ああ、悪いな」

俺は鞄を掴んで、玄関でスニーカーに足を突っ込む。

「あなた、毎朝恒例の、行ってきますのキスは？」

「一度もしたことねえだろ」

どんな顔して言ってるのかと思ったら、言った本人が頬を染めて照れくさそうにしていた。恥ずかしいなら言わなきゃいいのに。

「お前こそ、学校大丈夫なのか？」

「今日は午後からだから」

「お前も忙しいだろ、無理すんな」

「無理なんてしてないよ。また一緒に食べようね」

「サンキューな。行ってきます」

「行ってらっしゃい」

マリアに見送られて家を出た。

「行ってきます、か」

この言葉を使ったのは何年ぶりだろう。

家に誰かがいるというのは、いいものだな。


空がオレンジ色に染まる頃、配達終わりに目黒区にある黒川さんの家を訪ねた。新宿区にある神楽坂からは少し距離がある。

二階建ての白い家には、サンタクロースやスノーマンの置物や電飾が設置されていた。クリスマス仕様だ。

呼び鈴を押すと、家の中から「ハーイ」という高い声が聞こえてきた。女の子の声だ。

「どなたですか？」

勢いよくドアが開いた。ポニーテールで短パンをはいた、活発そうな子が飛び出してきた。子供特有のすらっとした足は健康的に焼けている。小学校高学年辺りだろう。

「わっ、怖っ」

出てきた途端に、また勢いよくドアが閉まった。それからガチャガチャと音がして、わずかにドアに隙間ができる。

「あの、どなたですか？」

声を震わせながら、先ほどの女の子がドアの隙間からこちらを覗いていた。そこからチェーンがかかっているのが見える。そんなに怖かったのか。ただ立っていただけなのに、何度こういう扱いをされてもショックだ。

それから奥さんがすぐに出てきて、快く迎え入れてくれた。俺が来ると黒川さんに聞いていたのだろう。

「これが問題の植物ですか」

「そうです」

玄関を入ってすぐ右にある靴箱の上に、写真で見た四つの植物が並んでいた。入った瞬間、一気に青臭いような、甘いような、そんな匂いが香った。四つの植物の匂いが混合しているのだ。こんなに匂いが強いのか。

植物を観察してみるが、特に仕掛けがあるようでもない。

「トモコ、コーヒー入れて。どうぞ、こちらへ」

リビングキッチンに通された。ここにも大きなクリスマスツリーが飾られている。

トモコと呼ばれた少女は、コーヒーを出した後、母親に追い払われて二階に上がっていった。

「黒川さん、あの植物の送り主に心当たりはありますか？」

まずは無難な質問から潰していこう。

すると奥さんは、予想外の反応をした。片手を頬に当て、複雑な表情を浮かべたのだ。

どこか既視感があった。

そうだ、昨夜の薊さんの表情に似ているんだ。

「知っていることがあれば、話してください」

「いえ、特にお話しすることはありません」

いやいや、明らかに知ってるだろ。「夫婦でよく話し合ってくださいね」で終わる話じゃないか。

とはいえ、無理に問い詰めることもできないので、別の質問をする。

「花が届いた日付を教えてください」

「正確な日時までは……まあ、だいたいはわかりますけど」

奥さんはなぜか苦笑した。

奥さんがカレンダーで示したのは、九月、十月、十一月、十二月の第一週。若干日付が前倒しになっているくらいで、毎月同じ頃に送られていることになる。

「四つの植物の共通点をご存じですか？」

「ハーブですね」

即答だ。

「共通の効能をご存じですか？」

「さあ、そこまでは」

しらばくれているのか、本当に知らないのか、判断がつきかねた。

「黒川さんは、健康面で気にしていることはありますか？」

「健康、ですか？」

きょとんとした顔をされる。

「肩こりと冷え症には昔から悩まされていますけど。それがなにか？」

健康は関係ないのだろうか。

三十歳前後と思われる奥さんは、見た目からして健康そうだ。中肉中背という感じで太っているわけではないし、肌艶もいい。

電車の中で四つのハーブの効能を調べたのだが、バラバラだった。強いていえば、抗酸化作用の辺りは共通だが、これはどんな人にもよい効果なので、特定の人向けにならない。

これ以上の進展はなさそうだ。素直に薊さん指定の質問をしよう。

「今、一番欲しいものはなんですか？」

「欲しいものはたくさんありますけど、一番ですか。……家族の時間、でしょうか」

奥さんは迷った末に答えた。

「家族が揃わないのですか？」

「ええ、主人が仕事人間で。といっても、バリバリと仕事をこなす遣り手という意味ではありません。お会いになっていたらおわかりになると思いますけど、主人は要領の悪い人なんです。それで営業職なんてしているものだから、ノルマやら接待やらで、毎日家には寝に帰るようなものです。休日だって返上。真面目で人がいいから、損な役回りばかり押し付けられて、家族は後回しなんです」

昨日の様子を思い浮かべると、想像できる気がした。仕事が忙しいとも言っていた。

「今年のクリスマスは、家族揃って過ごせるといいのですけど……」

奥さんは淋しそうにため息をついた。

その後もしばらく奥さんと話していたが、有用な情報を引き出すことはできなかった。

これで良かったのかと思いつつ、黒川家を出た。三十分もいなかったのに外は薄暗くなり始めていて、黒川家の庭の電飾が光っていた。

「クリスマスか」

俺の家にクリスマスツリーが飾られたことは一度もない。母が生きていた頃は金銭的な問題というよりも、単に母がそういうイベントに無関心だったのだと思う。

マリアの家には毎年クリスマスツリーが飾ってあったし、子供がいる一般的な家庭では、こうやってツリーを飾るものなのだろう。

正直、子供の頃は羨ましかった。

「オーイ、怖いお兄ちゃん、帰るの?」

センチメンタルな思いにかられていると、二階のベランダから声を掛けられた。トモコちゃんだ。

「植物のこと調べに来たんだってね。なにかわかった?」

「いいや。知ってることがあったら教えてくれよ」

「あたしにわかるわけないじゃん」

そりゃそうか。

「トモコちゃんは、今、なにが一番欲しい?」

一応、娘にも聞いてみる。

「うわっ、あたしを誘惑しようとしてる? ロリコン?」

マセガキが。

「サンタさんにもらいたいものだよ」

俺は話を続けた。心の中で悪態をついてしまったが、なにを思っても顔に出ないのは、こういう時には便利だ。

「あたしが欲しいものは、サンタさんには無理なの」

トモコちゃんはフッと遠い目をした。

「そうか」

最近の子供はわからない。

俺はじゃあなと声をかけて鉄製の門扉を開けた。

「怖いお兄ちゃん」

「なんだ」

返事をしたものの、〝怖い〟とセットで呼ばれることに理不尽を感じる。

「今気づいたんだけど、そんなにムスッとしていなければ、結構カッコイイかもしれないよ。人生頑張ってね」

子供に人生を励まされてしまった。

店に戻って、客が落ち着いたのを見計らってから、黒川家での会話を逐一、薊さんに報告した。

「やっぱりそうか」

なにがやっぱりなんだ。

「薊さん、そろそろ教えてくださいよ。誰が、どんな目的で植物を毎月置きに来るのか、わかっているんでしょ？」

「そうだね。じゃあ、明日にでもはっきりさせようか」

「明日ですか」

じらすなあ。今すぐ話してくれたらいいのに。

悶々と一晩を過ごし、いつ話してくれるのだろうと思いながら翌日のバイトに精を出していたのだが、薊さんは黒川さんの話題を口にしなかった。

忘れているのではなかろうかと思い始めた夕方頃、小さな客が店にやってきた。

トモコちゃんだ。

俺を見るとビクリと肩を上げた。

「あたしを呼んだのは、怖いお兄ちゃん？」

「いや」

「僕だよ、トモコちゃん。店長の一之瀬薊です。よく来てくれたね」

店の奥から薊さんがトモコちゃんに声をかけた。

「うわっ、超イケメン！　スゴーイ！」

トモコちゃんは薊さんに駆け寄って抱きついた。

……子供は正直だ。

「お母さんと一緒じゃないのか？」

「あたしは電車通学だから、神楽坂なんて一人で来られるよ。子供扱いしないで」

薊さんに抱きついたまま、トモコちゃんはキッと俺を睨んだ。

さようか。

「トモコちゃん、ハーブって高いから、お小遣いじゃ大変でしょ」

「えっと、まあ、そうだけど」

「僕が次のハーブをプレゼントしようか？　このイランイランなんてどう？」

薊さんは今日入荷した鉢を指さした。黄色い花をつけていて、甘い匂いがする。俺が勤めてからは始めて見る植物なので、珍しいと思っていたものだ。

「あっ！　どこにも置いてないから諦めてたやつだ。一番欲しかったの！　でもこれ、高いでしょ？」

「クリスマスプレゼントだよ。だけど、トモコちゃんの気持ちをご両親に伝えるのが条件だからね。植物を並べるだけじゃダメだって、もうわかってるでしょ？」

「うん、そうだよね」

二人の会話を聞きながら開花した百合の花粉取りをしていた俺は、手を止めた。

「つまり、植物を置いていた犯人は、トモコちゃん？」

「犯人って言い方やめて。悪いことをしていたみたいじゃない」

なぜ俺にだけ当たりがきついのか。

「どうしてハーブが必要だったんだ？」

「だって……欲しかったんだもん」

「ハーブが？」

「きょうだいが欲しかったの！」

きょうだい。妹か弟が欲しいということか。

「それはオモチャみたいに、簡単に手に入らないだろ」

「わかってるってば。だからハーブを買ってたんでしょ」

意味がわからない。

トモコちゃんの頭をなでながら、薊さんは苦笑した。

「待雪クン、四つのハーブの共通点、わかった？」

抗酸化作用……という答えではなさそうなので、俺は首を横に振った。

「このハーブの香りは、催淫作用や、子宮や卵巣機能が向上するといわれているものたちだよ」

「匂い？」

しかも子宮や卵巣って。

「もしかして、妊娠しやすくなる効果？」

薊さんは頷いた。

「あたし、ママにきょうだいが欲しいって言ったの。そうしたら、『ママも欲しいけど、パパにその気がないの』って悲しそうに言うから、もう催促できなくなっちゃって。だからパパがその気になったり、そうなった時にママがスタンバイオーケーの状態になっていればいいと思ったの」

思った以上にませたお子様だった。

母親はこういうやりとりをしていたから、植物を置いたのが娘だと予想がついていたのだろう。それでも止めなかったのは、娘の好意が嬉しかったのか、母親も子供を授かりたかったのか。

「なぜ月に一度、ハーブを置いていたんだ？」

「ママの排卵日に合わせて」

トモコちゃんはあっさりと答えた。俺は額を押さえる。

まだ知りたいことがあるのだが、これ以上この子に口を開かせていいものか。

「その、なぜ親の排卵日がわかるんだ」

「ええっ、怖いお兄ちゃん、大人なのに知らないの？　排卵日は生理の二週間後くらいなんだよ」

それは知っているが、親の周期をなぜ娘が知っているのかが疑問なのだ。

「同じトイレを使っていればわかるじゃない。トイレの三角コー……」

薊さんはトモコちゃんの唇に指を当てた。

「もう充分だよ、トモコちゃん。お父さんは知らない人から植物が届いていると思って怖がってるから、ちゃんと教えてあげようね。そうすれば、今までのトモコちゃんの気持ちも伝わって、きっときょうだいもできるよ」

「うん、わかった。ねえ、本当にイランイランもらっていいの？」

「もちろん。重いから、あの怖いお兄ちゃんに車で運んでもらおうか？」

「大丈夫、持って帰る！」

薊さんまで怖いお兄ちゃんと呼ばないでくれ。

「カッコイイお兄ちゃんありがとう！　怖いお兄ちゃんもっと頑張れ！」

トモコちゃんはスキップするように帰っていった。

あの子は俺をいじめに来たのか。

「ってことだよ、待雪クン。お疲れさま。センシティブなことだったから、確信を持ってから伝えようと思ったんだ。待たせちゃってごめんね」

「いえ」

ハーブを摂取した時の効能ばかり考えていて、匂いの効果を考えていなかった。言われてみれば、アロマでよく耳にするハーブばかりだった。

もしかするとファミリーレストランの帰り、薊さんがハンドクリームを塗ってくれたのは、このヒントのつもりだったのかもしれない。

それに、花言葉はその花の特徴を示す言葉が含まれることがある。今思うとジャスミンの〝官能的〟なんて、まさに香りの効果を表したものだった。そこから今回の件を連想するのは難しいかもしれないが……。

「アーザーミーン！」

ハスキーがかった甘やかな声が店内に響いた。一度聞いたら忘れない声と呼び方だ。

そして颯爽と現れた薊さんの兄・満作さんは、いつものように薊さんを抱きしめた。この一か月、何度か見ているシーンなので、もう慣れた。満作さんは結構頻繁に来る。国内外を行き来して忙しい身ではなかったのか。

「兄さん、今日はどうしたの？」

「伊勢丹に用があったの。近いから寄ってみた」

同じ新宿区だとしても、ついでに寄るほど近くないけどな。

「黒川さんから相談を受けたんでしょ。どう、わかった？」

「うん。娘さんがしていることだったよ。今夜にでも、娘さんから直接報告されるんじゃないかな」

「さすがアザミン、優秀」

兄はグリグリと薊さんの頭に頬をすり寄せている。

「抱き心地がいいなあ。このまま一生抱きしめていたい」

家でやってくれ。

「そこの番犬、ちょっと」

「……番犬？」

初めてかけられる言葉だったので、自分のことだとわからず反応が遅れた。兄を見ると、指でちょいちょいと俺を呼んでいる。

これは定番だ。薊さんの抱擁が終わると、俺はフロアの隅に呼び出されて、お小言が始まるのだ。学校の体育館の裏に呼び出される感じに似ている。

「聞いたよ、黒川さんをストーカーと間違えたんだってね」

間違えたのは俺じゃなくて薊さんですよ、とは言えない。

「黒川さん、首を絞められて、死ぬかと思ったって言ってた」

「すみません」

加減はしたんだけど。

「いいのいいの、やるじゃない！　いい番犬になると思ってさ」

肩をバシバシと叩かれた。それで番犬と呼ばれたのか。昇格したのか降格したのか、判断しかねる。

「お兄さんの忠告は守っているので、ご心配なく」

「わたし、あなたのお兄さんじゃないけど」

しまった、怒らせてしまったか。

「名前で呼べばいいでしょ。アザミンとわたし、名字が同じなんだから」

「……」

あれ。兄は怒るどころか、笑みを浮かべてる。そのまま肘を俺の肩に載せた。

「まさか、わたしの名前を覚えてないの？」

「いえ、満作さん、です」

「よしよし」

肘を俺の肩に載せた手で、俺の顎を指先でなでる。妖艶と表現していいだろう笑みで俺を流し見ていた。

今日も派手なメイクをしていて、着物をアレンジしたような独特の衣装を着ている。長い髪をアップにしていて、後れ毛が色っぽい。

「この顔もどことなくドーベルマンのようだしね。見かけ倒しじゃなく強いみたいだし、仕事もきっちりするし、言うことも聞くし。なかなかの忠犬ぶりだね」

「犬みたいに扱うの、やめてください」

そこをなでられても気持ちよくはないですよ。

満作さんも大概、距離が近かった。血筋なのか。

人を包み込むようなしなやかな美しさの薊さんとはタイプが違い、満作さんはバラの棘のように近づくと痛い目に遭いそうな鋭さを持つ美貌なので、至近距離だと緊張する。

これだけ近いと、満作さんから甘い香水の匂いがはっきりとする。最近かいだ匂いだと思ったら、ジャスミンの香りだった。

「一つ聞いていいですか?」

「なあに?」

「兄弟って、家族って、そんなにいいものですか?」

俺はきょうだいどころか、親族がいない天涯孤独の身だ。物心ついた頃から父親はおらず、母は小学校六年生の頃に他界した。それからは母方の祖父母と同居していたが、二人も高校一年の時に亡くなった。

家族関係というものが希薄だった俺は、家族というものがよくわからない。家族の絆を理解していない俺は人より劣っているのではないか、感覚がおかしいのではないかという不安が常にあった。

「そんなの、人によるでしょ」

バッサリだった。

「わたしにとって、アザミンは特別。父は植物遺伝育種学の研究をしていて、母はこの店を経営してた。二人とも忙しかったから、わたしが四歳下のアザミンを育てたようなものなの」

兄であり育ての親でもある、という関係なのか。

「それに、学生時代からこんな恰好をしてたから、両親は家にいないくせにそんなところは親面で説教。アザミンだけが味方だった」

満作さんは俺の肩に肘を載せたまま、視線を接客中の薊さんに向けた。

「わたしだけじゃない。あの子はなんでも受け入れるの。人を疑うことがない。だから心配になるわけ」

「満作さんが大切に育てたから、真っ直ぐ伸びたんじゃないですか？」

この過保護ぶりを見ていると、純真無垢になるのもわかる気がする。

「違う違う、あの性格が先。どんなに痛い目に遭っても真っ直ぐなんだから、むしろ頑固なくらいね」

満作さんはストーンで飾られたキラキラの爪の先で、形のいい額をトンと突いた。

「父が大学を定年退職すると、夫婦でさっさと海外に移住しちゃったから、アザミンがこの店を継いだの。初めは母が店長の頃の従業員がいたんだけど、売上を持ち逃げしたり、アザミンを暴行しようとしたりで、ろくなのがいなかった。そんなことがあっても、アザミンは人を信じることから始めて、なんでも受け入れちゃう。何度傷ついても、そのスタンスは変わらないの」

なるべくして、満作さんは過保護になったのか。それにしてもやり過ぎ感は否めないが。

「そんなわけで、この店のアルバイトチェックを欠かさずしていたんだけど、番犬君には及第点をあげる」

「どうも」

どうやら、満作さんのお眼鏡に適ったようだ。

「やっと仕事に集中できるわ。長期でバイトして、しっかりアザミンを守ってよ、番犬君」

満作さんに抱きしめられた。甘い香りが一気に広がる。

類同士が触れて、耳元でチュッと音がした。実際に口づけられたのではなく、リップ音のみだ。すぐに離れたのだが、不意打ちだったので顔が熱くなった。欧米人がするハグみたいだ。

「ん？　あまり表情が変わらないけど、固まってる？　照れてる？」

「人で遊ぶのはやめてください」

「遊んでないよ、お別れのあいさつでしょ。しばらくここに来ないからさ。じゃあね、番犬」

満作さんが踵を返す。和風の服がなびいた。大きくあいた襟元から、長く綺麗なうなじが伸びている。

「俺、番犬って名前じゃありませんけど」

「知ってるよ、待雪」

ニッと艶やかに笑う。初めて名前を呼ばれた。

俺は頬をおさえたまま呆然とした。

満作さんが去っても、残り香で酔いそうだった。なんだろう。花魁《おいらん》にいたずらされた町人って、こんな気分だったんじゃないだろうか。

「待雪クン、兄さん帰ったよ。今日の話は長かったね。あれ、なんだか、顔が赤くない？」

「……甘い匂いがいつまでも残っている感じがして」

「甘い匂い？」

おそらく満作さんにアレンジされたのだろう、髪型が変わっている薊さんが小首をかしげる。

香りというのは、思ったよりも、心や身体に影響を与えるようだ。

「いいえ。トモコちゃんの作戦は、上手かったんじゃないかって話です」

「トモコちゃんが一番欲しいもの、早く手に入るといいね」

そんな話をしていると、また客がやってきた。

さて、閉店までもうひと踏ん張りしましょうか。

第三話　薊の暗号

店内に足を踏み入れて、俺は違和感を抱いた。

いや、そもそも花屋の正面に立った時から、おかしな気がしていたのだ。

俺がアルバイトのために花屋に来たのは正午をまわっていて、とっくに営業開始時間を過ぎていた。それなのに、ドアにはｃｌｏｓｅｄの札が下がっていた。

では、薊さんが意図した臨時休業なのかというと、そうとも思えない。

店のドアの鍵が開いていたからだ。

それでもまだ、薊さんがうっかり鍵を閉め忘れた可能性もある。

木枠以外はガラスになっていて、営業時間内は大概開きっぱなしになっているドアを押して店に入った。

店内を見渡すと、昨日、閉店後に俺が片づけたままの状態のようだった。

空のバケツは洗って棚の下に重ねてあり、低温保存が必要な花はフラワーキーパーに入っている。オープン時には外に出す花で店内の通路やフロアは塞がれていて、足の踏み場がほとんどない。

今朝、薊さんが来たのなら、この状態のはずがなかった。

それに。

「……」

天井を見上げて、俺は一番の違和感を睨んだ。

電球には、ほんのりと明かりが灯っている。

この店は道路沿いがガラス張りになっている。入り口付近は、昼間は電気をつけなくても明るいのだが、奥までは陽光が入らないので、営業中はほどよい明かりで生花を照らしていた。

しかし、店を閉めて帰る時には照明を全て消す。

では、今のような薄明かりはどういう状態で使用するのかというと、従業員しかいない時だ。

閉店後、片づけ作業をして帰るまでの時間にしか使われない電球だった。朝は外からの明かりで充分だから、営業前にこのフロアはあまり電気をつけないのだ。

つまり昨夜、俺がバイトを上がった状態で止まっているのだ。

そして、本来いるはずの薊さんがいない。おかしいではないか。

一応バックヤードも確認しに行くが、案の定、誰もいなかった。

俺はしばらくフロアに戻りながら考えて、鞄からスマートフォンを取り出すと、薊さんに電話をかけた。

すると――

店の奥、レジカウンターから電子音が聞こえてきた。明らかに初期設定から手をつけていない着信音だ。

俺はフロアの花を蹴飛ばさないように、慎重に、しかし急いでレジに向かった。

レジの下に、スマートフォンが落ちていた。

俺が電話の発信を切ると、落ちているスマートフォンの着信音も止まった。

「薊さんのスマホだ」

俺はスマートフォンを拾い上げようとして、傍にある二束の花に気がついた。それも手に取って、スマートフォンと花束をレジカウンターの上に並べて置く。

落ちていた花は、レジカウンターの端にしまわれている複数の種類の切り花から、数本抜いたもののようだ。

「まさか、薊さんになにかあったのか」

スマートフォンが落ちているなんて、異常事態にしか思えない。それに花を愛する薊さんが、無下に床に花を放置するようなことをするはずがない。

雨雲が広がるように、嫌な予感が胸を占めていく。

昨夜のことを思い出そうと、俺は額に手を当てた。

俺が店から帰る夜九時頃、薊さんはここでレジ締めをしていた。

今月の初旬、薊さんはストーカー被害を受けていると俺に告げた。犯人はどんくさい黒川さんだったわけだが、あの日から十日ほど、念のために店終わりに薊さんを送って帰っていた。しかし最近は、以前のように俺が先に店を出ていた。

「レジ締めか」

まさか強盗に襲われて危害を加えられ、証拠隠滅のために連れ去られたのでは……。

そんな悪い妄想をし、俺は慌ててレジスターを開けた。

レジの中を見て、俺は息をのんだ。

レジの中がグチャグチャだった。硬貨や札が枠を飛び出して散っている。

動悸が激しくなるのを抑えるように、俺は胸を押さえた。

「落ち着け」

——少し、状況が見えてきた気がする。

おそらく強盗ではない。

現金は持ち去られず、レジの中に残っているのだ。

レジ締めとは、その日の売上を集計し、レジ内の現金やクレジット伝票などの合計が一致するかを確認する作業だ。薊さんは売上を持ち帰り、毎日レジを空にして店を出ていた。

それなのにレジに現金があり、しかも散乱しているということは、レジ締めの途中で何者かに襲われた可能性が高い。きっとレジ締めの途中で人が近づいてきたので、慌ててレジを閉じたのだろう。

だとしたら、俺が帰って間もなくの出来事だ。もう少し店に残っていればと後悔する。店に来た人物の目的は、初めから薊さんだったのだろう。金にも花にも手を付けていないのだから。

そして薊さんが襲われた時に、スマートフォンが落ちた、もしくは意図的に落としたのだと思われる。

意図的だという可能性を考えたのは、二束の花が落ちていたからだ。

これは、薊さんからのメッセージなのではないか。

慌てて近くの花を落としてしまった、という落ち方ではない。花を選んで抜いて、意識的に置いた印象だ。一束にまとまっているのではなく、二つに分かれているのも意味がある気がする。

俺はレジカウンターの花を見ながら腕を組んだ。

「なぜ、そんな手間を……」

レジにはペンとメモ用紙だってある。伝えたいことがあるなら書けばいい。

書かなかったということは、書けない状況だった、ということかもしれない。

俺は薊さんが襲われた状況を、頭の中で再現してみた。

誰かが店に入ってくる。レジカウンターの正面の方向に出入り口があるから、薊さんは気づいたはずだ。

入って来た人物は薊さんに近づいていく。カウンターを挟んだ正面か。いや、薊さんが慌ててレジを閉めるくらいなのだから、カウンターの裏側に来たに違いない。

薊さんがその人物に身体を向けると、レジや筆記用具、壁際に並べられた切り花に背を向ける形になる。

この状態で、薊さんは襲われたのではないか。

しかも、襲ってきた人物は顔見知りだった。

だから犯人の名、または連れ去られる場所のヒントを残そうとした。

振り返って紙に字を書くと、犯人に気づかれてしまう。

犯人と向き合う状態のまま背後に手を回し、手探りで花を抜いて、そっと床に落とした。

メッセージは、二束の花に託した。

……ということではないだろうか。

「俺に助けに来てほしい、ということか」

俺は呟く。

この店には防犯カメラはない。しかし神楽坂通りにはいくつもカメラがあるだろうし、夜九時台となれば人通りもある。こんなメッセージなどなくても、警察が調べれば犯人はすぐにわかるだろう。

だからこそ、このメッセージは俺宛てだと思ったのだ。

できれば穏便にすませたいから警察には届けず、俺に迎えに来てもらいたいという意味かもしれない。薊さんの考えそうなことだ。

薊さんのスマートフォンにも、なにかヒントはないだろうか。俺だったら録音かボイスメモを残す。

スマートフォンを操作する。特にブロックはかかっていなかった。

失礼ながら中を見るも、録音した記録も撮影した形跡もない。携帯からは情報を得られないようだ。しかも途中で、バッテリー切れで電源が落ちてしまった。

こんな時になんだが、薊さんのスマートフォンの画面はシンプルだった。アプリを一切ダウンロードしていない。

「本当に、落ちていた花に意味があるのだろうか」

俺はカウンターに両手をついて、花を睨むように見た。

薊さんが襲われたシミュレーションも、花のメッセージも、全て俺一人で考えたことだ。間違えている可能性がある。

犯人は薊さんの顔見知りなんかじゃないかもしれないし、花は偶然落ちたのかもしれない。

仮に花にメッセージが込められているとしても、読み説く試みをし、間違った解釈をして時間を浪費することで、薊さんの身が危険になるかもしれない。

薊さんが連れ去られたのなら、警察に届けるのが解決の近道のはずだ。

いや、そもそも薊さんが襲われたと決めつけていいのか。

悶々と悩んでいると、ふと二週間ほど前の薊さんの言葉と黒川さんの言葉が脳裏によぎった。

「一週間くらい前から、帰り道で背後に人の気配を感じてたんだ」と不安げにしていた薊さんに対し、黒川さんは「わたしが初めて店に行ったのは、一昨日です」と言っていた。

そこには数日のラグがある。

あの時は薊さんの勘違いかと流してしまった。しかし、黒川さんとは別の人物も、薊さんをストーキングしていたとしたら……。

「くそっ！」

俺は思わずレジカウンターに拳を打ちつける。

やっぱり、薊さんは拉致されたのだ。あの時、なぜもっと深く話題を掘り下げなかったのだろう。引っかかりはあったのに。

俺は頭を振った。悔やんでも仕方がない。

このまま一人で悩んでいてもなにも進まないが、どうすればいいのかもわからない。

「……そうだ」

満作さんに相談しよう。

これ以上ない名案に思えた。

満作さんの携帯番号を俺は知らない。そこで勤め先に電話をすることにした。

ワンコールで、明るいトーンのアナウンサーのような声と口調の女性が電話に出た。満作さんに繋いでほしいと頼む。

「あいにく、社長の一之瀬は海外出張で、来週まで戻りません。ご伝言がございましたら承ります」

「そうですか……」

俺は肩を落とした。パワーに満ち溢れたようなあの人と繋がれば、すぐに解決するような気がしたのに。

そういえば満作さんは、しばらくここに来ないと言っていた。どうでもいい時には頻繁に顔を出すくせに、間が悪い。

「満作さんの弟、薊さんについて相談があるので、至急折り返してほしいと伝えてください」

俺は自分の携帯番号を女性に伝えた。

電話を切ると、目の前にあるのは二束の花。

「やっぱり、これを考えるしかないよな」

俺は眉間にしわを寄せて花を見た。

レジの手前に落ちていた束は、キク一本、ダリア三本の計四本。

レジの出口側に離れて落ちていた束は、バラ一本、ハボタン三本、シンビジウム一本、計五本。

――まず気になるのは、束が分かれている理由だ。

襲われて咄嗟に花を両手で探したから分かれてしまっただけで、意味はないのかもしれない。

同じ理由で、一本の花と三本の花があるが、一本だけ掴みたかったところを急いでいたから複数本掴んでしまったのかもしれない。

今わかっているのは、おそらくレジ前の位置で薊さんが襲われたであろうこと。

すると、手の届く花はレジ脇の花に限られることだ。

実は通常、レジ周辺に花は置いていない。

昨日は特注だという花が複数届いていた。しかしバックヤードはアレンジ花でいっぱいで、うっかり使ってしまわないようにしたかったし、客の目の触れる場所に置いて、購入できると間違われると困る。

だからカウンター内の壁際に、いくつかの花を置いていたのだ。

俺は昨日の薊さんとの会話を思い出した。

＊　＊　＊

「レジ脇に花を置いていたら邪魔でしょう。裏に移動しましょうか？」

「ううん、特注の花だからここでいいんだ。ありがとう待雪クン」

薊さんが柔らかく微笑んだ。

あまりにも温かい笑顔なので、その顔を見るたびに心のどこかが溶け出すようで、くすぐったくて俺はすぐに目をそらしてしまう。

働き始めた頃はその笑顔を向けられると胸がもやもやしたのだが、いつの間にか感覚が変わっていた。

「そういえば、ハボタンやシンビジウムは、あまり切り花にしませんよね」

十二月はハボタンがよく売れる。冬は開花する植物が少なく、庭が殺風景になりがちだ。

そこに色鮮やかなハボタンは重宝されるし、正月の門松に使われたりもするからだ。

薊さんに言うと解説が長そうなので黙っているが、俺はハボタンが紫キャベツにしか見えない。

シンビジウムは冬の鉢花として贈られることが多い。高級な洋ランなので少しでも長く咲いてもらいたいと思うだろうし、ならば切り花よりも鉢植えの方がもつ。

「このハボタンは神楽シリーズなんだ。雪神楽と紅神楽。紅白でめでたいからって、セットで注文が入ったんだよ。可愛いでしょ」

ここが神楽坂なので、『雪神楽』『紅神楽』という名前が印象に残った。周辺の葉は緑だが、名前のとおりに、『雪神楽』の中央は白く、『紅神楽』の中央は赤い。

「変わった品種名ですね」

すると薊さんは珍しく、目を細めてふふふと意味深に笑った。思わずドキリとしてしまう。そんな表情になると、満作さんに感じるような妖艶さが漂う。やっぱり兄弟だ。

「なんですか、その顔は」

「このダリア、『安産』っていうんだよ」

「祈願にでも使われそうな名前ですね」

薄紅色の大輪のダリアだ。

「そういう意味合いだよ。妊娠をした体の弱い奥様にプレゼントしたいというご要望なんだ」

妊娠といえば、黒川家のマセたガキンチョを思い出す。もしハーブ作戦が成功して無事にきょうだいができそうになったら、『安産』をプレゼントしてやろうかな。俺を〝怖いお兄ちゃん〟と呼ばない誓いをさせてからの話だが。

「プライスカードに品種まで書くことはあまりないので気にしていませんでしたけど、たとえばバラと言っても、たくさんの品種があるんでしょうね」

さりげなく言った一言に、薊さんは瞳をキラリと輝かせた。俺はしまったと思う。なにかスイッチを押してしまった気配だ。

「バラの原種は北半球に百五十から二百種類ほどあるんだけど、園芸品種は四万種類以上あるとも言われているんだよ」

園芸品種とは、原種植物から人為的に作った植物のことだ。

「僕たちが多様な色、形、香りの花を楽しめるのは、育種家さんや生産者さんたちの努力のたまものなんだ。感謝しなきゃいけないよね」

育種家という言葉も、バイトを始めてから薊さんに教えてもらった。犬や猫のブリーダーと同じで、植物の繁殖や改良をする人たちだ。

「そもそも命名法には基準があるんだ。正式な学名は属名、種小名、命名者名から成り立っていて、たとえばバラなら……」

「わかりました薊さん、詳しくはまた今度聞かせてください。とにかく、品種改良で誕生した多くの花に品種名をつけるから、ユニークなものもあるというわけですね」

話が長くなりそうなので、俺は薊さんの解説を遮った。この人は植物のことなら延々と話し続けられる人なのだ。

遮りはしたが、俺は薊さんの蘊蓄を聞くのが好きだ。時間があればいくらでもつきあいたいところだが、まだ仕事中だった。

「そうだね。今回届いた花たちはユニークな名前が多いよ」

薊さんは特注の花の一つを、愛おしそうに指先で軽くつついた。

「ねえ待雪クン、まだ花が苦手かな？」

「いえ、もう慣れました」

花を見ると母を連想するから苦手だったのだ。

母と一緒に苦い思い出がよみがえり、そして蓋をしておきたい、あの俳句も思い出す……。

しかし今や毎日大量に花を見るので、いちいち母を思い浮かべることはなくなった。母は母、花は花だ。

「じゃあ、好き？」

中性的で端整な顔立ちの薊さんに少し上目づかいで言われると、花のことだとわかっていても、別の意味のようで思わずドキリとしてしまう。

「いえ、そこまでは」

薊さんは少し眉を下げたあと、ぱっと瞳を輝かせた。

「そうだ、今の時期は店で忙しいけど、もう少し暖かくなったら一緒に植物園に行かない？　花にはたくさんのストーリーが詰まってるんだよ。知るほど好きになるはずだから」

俺は苦笑した。この人は心の底から花を愛しているんだな。

「はい。俺を惚れさせてください」

ドキリとさせられたお返しに選んだ言葉だったけど、もちろん薊さんは気づかずに、嬉しそうに頷いた。

＊　＊　＊

そうだ、品種名の話を薊さんとしたのだった。

話題に上っていた『安産』という名のダリアや『神楽シリーズ』のハボタンも、束の中に含まれている。

「品種名がヒントになっているのかもしれない」

残念ながら俺は花を見て品種までわからないので、注文伝票で確認する。

キク『おまもり』
ダリア『安産』
バラ『カフェ』
ハボタン『紅神楽』『雪神楽』
シンビジウム『葵の想』

「これに意味があるのか」

俺は伝票と花を交互に見ながら唸った。

もしこれがヒントになっているとしたら、人名にはなりにくい気がする。場所を表しているのではないか。

だとしたら、『紅神楽』『雪神楽』は、神楽坂を意味しているのかもしれない。

神楽坂の『葵の想』という名のカフェ、というのはどうだろう。

早速スマートフォンで検索してみるが、ヒットしない。店名を『葵』にして再検索するといくつかの飲食店が該当したが、カフェではなかった。

しかし、もし当てはまるものがあったとしても、『おまもり』と『安産』の意味がわからない。

「『おまもり』と『安産』だけ考えたら、寺院っぽいんだけどな……」

そう呟いた言葉を反芻する。

寺院。いい線かもしれない。

神楽坂で有名な寺院といえば、神楽坂の毘沙門様で知られる善國寺《ぜんこくじ》と、十年ほど前にリニューアルしてオシャレなパワースポットと呼ばれるようになった赤城神社《あかぎじんじゃ》あたりだろう。とはいえ、神楽坂は江戸時代には寺院が集中していたらしく、今でも多く残っている。神楽坂にある寺院の中から特定するために必要なのが、『カフェ』と『葵の想』なのではないか。

俺は店内にある神楽坂の地図を引っ張り出して、今度は地図と格闘する。ありがたいことに、この地図は神楽坂の主な施設についての解説つきだ。

「安産祈願で有名なのは、善国寺、赤城神社のほかに、光照寺《こうしょうじ》もあるようだな」

光照寺は地蔵坂《じぞうざか》の上にある寺だ。〝地蔵坂〟という坂の名前は、寺の子安地蔵にちなんでつけられたと聞いたことがある。子安地蔵とは、その名のとおり安産を守護するという地蔵尊だ。

「光照寺が濃厚な気がしてきた」

地蔵坂ならカフェはいくらでもあるだろう。『葵の想』の意味はわからないが、現地に行けば、なにかわかるかもしれない。

俺はその場から離れようとして、足を止めた。

待てよ。

葵とカフェ。

随分と前に、並んだ字面を読んだ気がする。

実物ではなく、字を見たのだ。

なにを読んだのか。

俺は腕を組んで記憶を探った。

「……思い出した」

回覧板か地方紙だ。

俺はキーワードになる五つ、神楽坂、おまもり、安産、カフェ、葵を打ち込んで検索した。

上位に複数現れたのは――

赤城神社。

約十年前、赤城神社は再生プロジェクトとして行われた再建工事が完了した。この時、敷地内にマンションが建設されて話題になった。その一階にあるのが『あかぎカフェ』だ。境内にカフェがあるのだ。

そしてこのプロジェクトでは、徳川家康公を祀っている東照宮・葵神社《あおいじんじゃ》も再興された。お守りはそれなりの規模の寺院ならどこでも扱っているだろうが、赤城神社のお守りは、実は一部で爆発的な知名度を誇る。国民的妖怪アニメ『ゲゲゲの鬼太郎』とのコラボお守りがあるのだ。

「赤城神社に間違いない」

きっと神社の関係者が薊さんを連れ去ったのだ。

それにしても、初めから全てのキーワードを入れて検索すればよかった。時間をロスしてしまった。

俺は自分のものと共に薊さんのスマートフォンをボディバッグに入れて店を飛び出した。クリスマスを間近に控えた神楽坂通りは、クリスマスカラーに染まっている。

この通りは毎日お昼時に歩行者天国になるのだが、習慣なのか歩道を歩く人が多い。そんな混雑した歩道を歩いていてはちっとも進まないので、車道の中央を使わせてもらう。神楽坂下から坂上までの傾斜のある坂を上り、その後しばらくフラットになり、また緩い上り坂が続く。

人を避けながら走ること五分。東西線の神楽坂駅出口のすぐ近くにある、赤城神社の鳥居前に到着した。

地元とはいえ、再建後に赤城神社の敷地に入るのは初めてだ。神楽坂駅を利用する時には遠目から鳥居が見えるので、随分と派手な朱色になったなと思ったくらいだった。以前は石造りの鳥居だったと記憶している。

鳥居をくぐる時、敷地から出る女性とすれ違う。女性は鳥居の下で一礼していた。そういえば、鳥居をくぐる時は一礼するとか、左足から踏み出すとか、小学校の課外授業で習った気がする。しかし、今は緊急事態だから許してほしい。

スピードを緩めずに本殿に続く階段を数段とばしで上る。

高台にある境内の様子はすっかり変わっていた。ガラス張りのモダンな社殿が目を引く。そもそも、以前は鳥居から拝殿まではフラットで階段すらなかった。再生プロジェクトのデザインは神楽坂在住の有名な建築家が監修したのだと聞いたことがある。スタイリッシュになっているはずだ。

様変わりした神社に思わず足を止めていると、一気に汗が噴き出してきた。前髪が額にはりつく。

俺は手の甲で汗をぬぐうと、周囲を見回して社務所を探した。向かって拝殿の右側、あかぎカフェの奥にあった。

「開けてくれ」

社務所のガラス窓をノックした。中には赤い袴をはいている巫女が見える。ガラス窓の手前には、カラフルなお守りがいくつも並んでいた。

二十歳前後の巫女が、強張らせた表情でガラス窓を開けた。

「なにか、ごようですか？」

「ここに薊さんがいるだろう」

「……はい？」

巫女は眉を寄せた。

「坂下にある花屋の店長だ」

「ああ、あの素敵な店長さん。こちらにはいらしていませんよ」

演技ではなく、知らない様子だ。

今更だが、赤城神社というのは関係者が何人いるのだろう。一人ひとりに聞いて回らなければならないのか。

いや、声をかけてどうする。犯人が「はい、わたしが連れ去りました」と素直に認めるだろうか。嘘をつくに決まっている。

――自分で探すしかない。

「入らせてもらう」

俺はガラス窓の手前にある社務所のドアを開けた。さっきの巫女が慌てて移動してきて、俺の前に立ちふさがる。

「ここは関係者以外立ち入り禁止です」

「どいてくれ、人を探している」

見下ろすと、俺の肩ほども背のない巫女は「ひっ」と言葉を飲み込んで青ざめた。よほど俺が怖かったのだろう。

「は、入ったらだめです。店長さんみたいに目立つ人が境内に来ていたら、社務所で絶対に噂になっていますよっ」

巫女は半泣きになりながら俺に訴えた。

それは一理あるが、俺だって引けない。きっとここに薊さんがいるはずなのだ。

「どうかされましたか」

巫女の後ろに、白衣《しらぎぬ》に袴姿の六十歳前後の男性が立っていた。笑顔を浮かべているのに、俺の口は勝手に閉じて背筋が伸びた。男性は「代わります」と言って巫女を下がらせる。

「わたしは宮司として奉職しております」

続けて名乗ってくれたので、俺も「木下待雪です」と頭を下げた。

宮司ということは、この神社のトップだろう。どうりで柔らかい物腰なのに威厳があるはずだ。

「事情がおありのようですね。どうぞ、そちらにおかけください」

社務所の奥の談話スペースに案内された。

俺は、薊さんの姿が消えたこと、花の手がかりからこの神社に辿りついたことを宮司さんに打ち明けた。宮司さんは、それは心配ですね、と表情を曇らせる。

「昨夜は深夜まで社務所におりましたが、不審な者は見かけませんでした。今朝も早朝から境内の掃除をしていましたが、特に変わったことはありません」

神職というのはそんなに忙しいものなのかと尋ねると、赤城神社は二十四時間参拝可能なので、できる限り目を配りたいとのこと。

「本来、内部は関係者以外入れることはできません。しかし、それではあなたは納得できないでしょう。わたしが案内します。お見せして困るものはなにもありませんから」

宮司さん自ら案内を買って出てくれた。

「……」

倉庫などを見せてもらいながら、だんだん頭が冷えてきた。

さっきの俺は随分と横柄な態度だった。怖がらせた巫女さんには悪いことをした。

俺は握った拳に目を落とす。

赤城神社に間違いないと決めつけて、花屋を飛び出して突進した。

しかし冷静に考えてみれば、二十四時間、誰でも境内に出入りできる神社に拉致した人物を連れてくるだろうか。

しかも赤城神社は住宅街にある。駅から近くて人通りが多いし、なんといっても境内の前に大きなマンションが建っているのだ。住人から丸見えではないか。

――一通り神社の中を探したが、薊さんは見つからなかった。

宮司さんに謝って、俺は神社を後にした。

詫びた言葉は覚えていない。

頭が真っ白になっていた。

花のメッセージが赤城神社を指していることは間違いない。犯人は神社の関係者のはずだ。

だがきっと、自宅に連れ帰ってしまったのだ。だとしたら、もう探しようがないではないか……。

気がつくと、白銀《しろがね》公園に来ていた。

赤城神社からほど近い大きな公園だ。昼間は子供の声が絶えない。俺も幼い頃はよく来ていた。

この公園はブランコ、シーソー、鉄棒、砂場などの定番の遊具が豊富に揃っているのだが、特筆すべきは中央にあるコンクリートで作られた大きな山だ。この山は、登ったり、滑ったり、トンネルをくぐったりできて人気なのだ。子供の頃は「お山の公園」と呼んでいたっけ。

公園では小さな子供たちが駆け回り、母親が傍についている。みんな笑顔だ。

俺は、母親に公園に連れて来てもらったことは一度もない。同じ年の友達と遊びに来ることはあったが、日が落ちる頃になるとそれぞれの母親が迎えに来た。

俺は、いつも取り残された。

一人になると石の山のてっぺんに座って、街明かりに光を奪われて霞んでしまう月を、いつまでも眺めていた──

「……」

俺は乱暴にベンチに座って頭を抱えた。赤城神社での失態で落ち込んでいるのに、余計なことを思い出して、自ら追い打ちをかけてしまった。

「もう、警察に届けるしかないか」

スマートフォンで確認すると、十五時を過ぎていた。時間が経つほど薊さんの危険度が増すに違いない。

俺はスマホを手にして、電話番号の入力画面を開いた。

たった三桁を押すだけだ。

俺一人で薊さんを探し出すことができなかった。

すみません、薊さん……。

その時、握っているスマートフォンが震えだした。表示を見ると、マリアからの電話の着信だった。

「今、立て込んでる」

「あれマッツー、バイト休みでしょ？　なにしてるのかなと思って」

俺の声は尖っていたが、マリアは気にしていないようだ。

「どうして俺がバイトをしていないと思ったんだ」

「お店が閉まってるから」

マリアは花屋の前を通りかかったようだ。

「ねえマッツー、なんか落ち込んでる？　どうしたの？」

マリアの声が、いたわるような調子になった。見えていないのに、あいつはどうして俺のことがわかるのだろう。

弱っているからか、目の奥が少し熱くなった。

だからだろう、マリアに話そうと思ったのは。

遠藤さんのリコリスの件も、黒川さんのハーブの件も、マリアとする雑談の中で考えがまとまった。今回もマリアの話が、なんらかのヒントに繋がるかもしれない。

余計な心配をかけないように、薊さんがいなくなったことは伏せながら、花に託されたメッセージを解明しているとマリアに説明した。

品種名から赤城神社に辿りつき、おそらく関係者が〝探しもの〟を隠しているはずだと伝える。

「なに言っているのマッツー、赤城神社の人たちが悪いことをするはずがないじゃない。神職だよ?」

「だからって善人ばかりじゃないだろう」

「信心も足りなければ、神社とのコミュニケーションも足りない。今度一緒に神社のお祭りに行こうね」

なぜそうなる。

しかし、のほほんとしたマリアの高い声を聞いているうちに、ささくれ立っていた心が癒えてきたのは感謝だ。

「ウーン。なんかさ、根本的に違う気がする」

「なにが?」

「品種の話。店長さんは急いでマッツーへのメッセージを作ったんでしょ? 品種の組み合わせで連想ゲームみたいなことをさせるかな。わかりづらいし、不確かだよね」

そう言われてしまえば、強引だったかもしれない。『紅神楽』『雪神楽』は神楽坂に、『葵の想』は〝の想〟を抜いて葵と解釈した。レジの近くにある花は限られていたから、妥協したと思えたのだが……。

「それに、せっかく束が分かれていたのに、無視して考えてるでしょ。本数も、一本の花と三本の花があったんだよね」

「ああ、そうだ」

関係ないと決めつけてしまったが、そちらこそ重要だったのかもしれない。

「店長さんがマッツー宛てに急いで残したメッセージなら、案外、ものすごく単純に解けるようにしてるんじゃない？」

「……」

確かに、その通りだ。

目から鱗が落ちた気分になった。

「ねえ、どの花が何本あったか、覚えてる？」

「ああ」

俺はマリアに説明しながら前かがみになり、落ちていた枝で地面に字を書いた。

レジの手前に落ちていたのは、
キク一本、
ダリア三本。

レジの出口側に離れて落ちていたのは、

バラ一本、
ハボタン三本、
シンビジウム一本。

花の本数が重要。

分かれて落ちていたことにも意味がある。

俺はブツブツと呟きながら、砂に書いた文字を何度も目で追って……。

「あっ！」

「ちょっ、マッツー、急に大声出さないでよ」

「わかった。たぶん、わかった」

興奮して、柄にもなく大声を出してしまった。

「よかったね。どんな答えになったの？」

「帰ってから報告する。ありがとうマリア」

俺は通話を切った。

「こんな簡単なことだったのか」

マリアの言うとおり、俺は複雑に考えすぎていた。

赤城神社は冤罪だ。改めてお詫びに行かなければいけない。

それよりも今は、薊さんの救出が急務だ。

俺は坂を走って下り、花屋に戻った。

そしてパソコンを立ち上げて、顧客リストを開いた。

すぐに、目当ての顧客情報がヒットした。

「やっぱり」

俺は確信した。

こいつが絶対に犯人だ。

目的の場所は徒歩で行ける距離ではない。社用車である白いミニバンを借りることにする。俺は急いで乗り込んだ。

スピード違反で捕まっては余計に時間を取られるので、焦る気持ちを抑えながら四十分ほど車を走らせ、郊外の一角で車を停めた。

一軒の古びた、二階建てのアパートが見える。

そのアパートは閉鎖された工場と、関東を中心に展開している大型スーパーに挟まれ、奥には高架線が走っている。

スーパーの入り口は大通り沿いに面していて人通りが多いが、アパート側は裏にあたり、驚くほど閑散としていた。

そのスーパーは、三階部分に申し訳程度の窓があるくらいでコンクリートの壁と化しており、工場とスーパーの巨大な建造物に挟まれたアパートは、奥まっていることもあり存在自体が希薄だ。しかも常に日陰でじめじめとしている。初めてここに来た時には、本当に人が住んでいるのかと怪しんだものだ。

工場とスーパーのフェンスに挟まれた、人が二人横に並ぶのがやっとな細い道を進む。急な坂になっているので、アパートは小高い位置になる。上下三戸ずつの古い小さなアパートだ。コンクリートや鉄が変色してボロボロになっている。

その一番手前、一〇一号室に、
柴田亜紀《しばたあき》
と、ラベルプリンターで作ったような表札があった。

薊さんは、この名前を俺に伝えたかったんだ。

花の本数は、示したい花の名前の文字数を意味していた。

たとえば、バラは一本だから一文字目の「バ」、ハボタンは三本だから三文字目の「タ」という具合だ。

五種類とも、こうして文字を抜き出すと、
キク「キ」

ダリア「ア」

バラ「バ」
ハボタン「タ」
シンビジウム「シ」

二束になっていたのは、名字と名前を分けるためだった。

人名だと気づいた俺は、名前らしくなるように文字の順番を入れ替えた。そして「シバタ　アキ」に辿りついたのだ。

もしかしたら薊さんは、名前の順番通りに花を床に置いていたのかもしれない。俺がレジカウンターに移動させた時に混ざってしまった可能性がある。

柴田亜紀という名、そしてこの住所をパソコン画面で見た時に俺は思い出したのだ。

柴田さんと薊さんとの印象的なやりとりを。

あれは二週間ほど前のことだ。

何度か店に顔を出していた馴染み客の柴田さんは、「愛を意味する花で、一之瀬さんの好みで花束を作ってください」と店頭で依頼をした。

柴田さんは三十歳前後だろうか、身長は低めで「ぽっちゃり」と表現すると控えめ過ぎる体形をしている。黒髪はショートボブにしていて、眉が隠れるくらいの前髪は真っ直ぐに切りそろえられていた。仕事帰りのようでスーツを着ている。

薊さんは柴田さんに確認しながら花束を作っていくのだが、「もっと、もっと」と言われ続けて花が膨れ上がっていき、三万円近くの花束が出来上がった。抱えきれないほどのボリュームだ。胸の前で持ったら、花に遮られて確実に前が見えない。

会計をすませて薊さんが花束を渡そうとすると、柴田さんは受け取らなかった。

「これは一之瀬さんへのプレゼントです」

「そんな、いただく理由がありません」

薊さんは再度花束を差し出すが、柴田さんは一歩下がって手を背中に回した。

「恋人になってほしいとは言いません。でも時々、二人だけで会ってもらえませんか？一之瀬さんだけなんです、私に優しくしてくれたのは。お礼と、これからの二人のために」

柴田さんは頬を染めながら、しかしどこか自信がありそうな表情だった。薊さんは眉を下げて微笑んで、しかし大きくかぶりを振った。

「でしたら、なおさら受け取れません。店で花の相談を受けるのは当然のことで礼には及びませんし、店の外で個人的にお会いすることはできません」

柔らかくも、きっぱりとした口調だった。

柴田さんは厚い瞼に押されて細くなりがちな目を見開いた。薊さんが花束を受け取らないとは思っていなかったようだ。

「でも一之瀬さんは、恋人はいないと言っていましたよね」

柴田さんは尚も食い下がった。

閉店間際の時間になったので、外に陳列している花を店内に運んでいた俺はこの時、この人頑張るな、と思った。

薊さんは人間の極限に挑戦していると言わんばかりの類い稀な美貌なので、満作さんが心配していたとおり熱い視線を送る男女が絶えないのだが、美しすぎるゆえに遠目から愛でて終わる人が多かった。勇気を持って声をかける客がいても、今回のように薊さんははっきりと断るので、すごすごと帰って行くのが常だ。

その中で、柴田さんは諦めが悪いというか、根性があるというか、絶対に引き下がらないという執着を感じた。

「とにかく、今日は一之瀬さんに花をプレゼントしたくて来たんです。受け取ってください」

そう言って柴田さんは走って店を出ていった。その動きは意外に速かった。

「待ってください、柴田さん！」

薊さんは追いかけようとしたが、カウンター内にいたのでもたつき、ドアを出た時には柴田さんの姿は見えなくなっていたようだ。俺は二人の姿を横目にしながら閉店準備をしていたので、追うという発想はなかった。

「柴田さん、置いて行っちゃった」

薊さんは表情を曇らせて戻ってきた。カウンターには大きな花束が残っている。

「待雪クン、悪いけど、片づけ終わったら花束を柴田さんの家まで届けてくれないかな」

「住所はわかるんですか？」

「うん。以前、手紙をもらったんだ」

薊さんはカウンターの下の箱から一枚の封筒を取り出して、俺に差し出した。女性らしい淡いピンクのもので、柴田さんの住所が記してある。手渡しだったのだろう、切手は貼っていない。筆圧の強い、丸くて小さい字だ。

封筒を手に持つと、随分と厚みがあった。

「もしかして、ラブレターですか？」

軽い気持ちで言ったのだが、薊さんは複雑な表情になった。困ったような、煮え切らない珍しい顔だ。

「中、見ていいですか？」

疑問形の言葉だが、言いながら俺は便箋を取り出していた。薊さんの表情の理由を確認せずにはいられない。

薊さんは「あっ」と小さく声を漏らした。既に俺が便箋を開きかけているのを見て止めるのを諦めたようで、窺うように俺を見上げた。

「……っ！」

便箋を開いた瞬間、ゾワリと背筋に悪寒が走った。

便箋は十枚あった。

小さい丸い字で、全ての用紙が「好き」という文字で埋め尽くされている。隙間はない。びっしりだ。

なぜか文字は赤い。

呪いにしか見えなかった。

「……薊さん、よく彼女と会話ができましたね」

しかも笑顔で。

俺なら逃げる。いや、警察に通報する。

薊さんは小首をかしげて苦笑するだけだ。

「こんな手紙をもらっていたら、さっきの花束は薊さん宛てだって察しがついたんじゃないですか？」

薊さんは「気づかなかった」と首を横に振る。

「初めて柴田さんがこの店に来たのは半年ほど前で、失恋したばかりだと落ち込んでいたんだよ」

薊さんは、俺がここで働き始める前の出来事を語り出した。

その日、柴田さんは泣きながら、店先で花を眺めていたそうだ。薊さんは店内に彼女を呼んで事情を聞くと、メランポジウムの鉢植えを包装してプレゼントした。

メランポジウムはキク科の一年草で、黄色い小ぶりの花をたくさん咲かせる。花言葉は「元気」「あなたは可愛い」。

「メランポジウムは開花時期が長くて、秋の終わりまで咲いています。花を見るたび思い出してください。元気なあなたは、とても可愛らしいですよ」

……と、薊さんは言ったそうだ。

俺は額に手を当てた。

それでなくても傷心で弱っているのに、こんな美貌の男性に優しい言葉をかけられたら、どんな女性でも惚れるに決まってるだろ！　と説教をしたくなった。

わかっている。薊さんは天然だ。

俺もバイトを首になって落ち込んでいる時に、店先で声を掛けられたから今がある。この人はとことん、弱っている人を放っておけないんだ。

しかし、それが余計な誤解を招いたり、トラブルの火種になることも多々あるのだろう。満作さんが過保護になる理由がわかってきた。

薊さんの話は続く。

「それから柴田さんはよく店に来るようになったんだけど、話を聞くと、とても惚れっぽいようなんだ。この手紙をもらったのは三か月くらい前。お断りしてからも店には来てくれていたんだけど、会話はほとんどなかった。だからきっと別に好きな人ができて、その人へのプレゼントなのかなと思ったんだよ」

そんなわけがないだろう。柴田さんの態度を見れば一目瞭然だ。この人はなんて鈍いんだ。

そう呆れそうになるが、薊さんは否が応でも視線を集めてしまう人だから、これくらい鈍感力がないとやっていけないのかもしれない。

「こんな高価なもの、いただけないよ。柴田さんに、気持ちはありがたかったと伝えてね」

そんなことを言うから相手が諦められなくなるんだ。

そう思ったが口にはしないでおいた。

花を配達した情報は、顧客リストに記録する。リピートされた時に迅速に対応できるからだ。俺は柴田さんの住所などの情報をパソコンに打ち込んでから、高価な花束を持って店を出た。

玄関先で花束を受け取った柴田さんは、瞼の奥の瞳を濁らせて、絶望したという表情をしていた。

――ということがあったので、この場所に来るのは二度目だ。

時刻は十六時半、すっかり周囲は暗くなった。冬の日没は早い。

俺は気持ちを引き締めてから、一〇一号室の呼び鈴を鳴らした。

応答はない。

耳を澄まして室内の様子を探ろうとすると、高架線に電車が走り、周囲の音がかき消された。相当うるさい。

もう一度呼び鈴を押して誰も出てこないことを確認すると、俺はドアの中央にあるドアポストを覗くことにした。内側にカバーがなければ、ポスト穴から室内が見えるはずだ。

ポストの蓋の角度の関係で、玄関だけが見えた。女性ものの靴がいくつかある。

その中に、明らかにサイズの違うメンズもののスニーカーがあった。その靴に見覚えがある。

やっぱり、中に薊さんがいる。

そうとは思っていたが、確信できて俺はほっとした。

さすがに惚れた男に危害を加えたりはしないだろう。薊さんを自分だけのものにしたいと暴走したに違いない。

ポストの蓋を閉じて、俺は腕を組んだ。

柴田さんは居留守を使っているようだ。ここは一階だから、どこかの窓を壊して侵入することは可能だ。相手は人さらいなのだから、窓を壊したって俺が罪に問われることはないだろう。それとも、大家さんに事情を話して合鍵を借りた方がスムーズか。

その時、カチリ、と音がした。

まるで鍵が開くような小さな音だ。

俺はドアに目を向ける。再び電車の轟音。電車が通過する間隔が狭い。そろそろ帰宅ラッシュの時間だから、電車の本数が増えているのだろう。

俺はドアノブを捻ってみた。

回った。

鍵が開いている。

今開いたのか、元々開いていたのか。

慎重にドアを開けて、周囲を見回す。見える範囲に誰もいないことを確認し、中に入った。

玄関で靴を脱いで部屋に上がる。入るとすぐ右手が台所になっていて、玄関から見て正面の奥に、ドアが半開きになった部屋がある。一ＤＫのようだ。

女性の部屋らしく小物や装飾品が多くあり、片づいてはいるがゴチャゴチャして見えた。

女性が見れば、また別の感想になるのかもしれない。

ガスコンロに置かれたやかんから湯気が出ている。直前までここに人がいた証拠だ。

俺は奥の部屋に視線を走らせた。

奥の部屋でなにかが動いた、ように見えた。

警戒しながら、奥の部屋に近づいた。

誰かの足が見える。

「薊さんっ」

ドアに近づくと、床に座っている薊さんを確認できた。

薊さんは口にガムテープが貼られて手足を拘束され、部屋の入り口付近に置かれたパイプベッドの足にくくりつけられていた。昨日の服装のままだ。着衣に乱れはないし、見える範囲に傷もない。

「んんっ」

薊さんは強く首を振っている。訴えたいことがあるようだが、なにを言っているのかわからない。

周囲を見渡すが、俺たち以外には誰もいないようだ。柴田さんは窓から逃げたのだろうか。

「今外します」

薊さんの前に屈んだ時、脇腹にチクリとした痛みが走った。

振り向くと、注射器を持った柴田さんが立っていた。俺を冷めた表情で見下ろしている。

注射器は病院でよく見る透明なものではなく、もう少しペンに近いような、見たことがない形だった。

こんなに狭い部屋なのに、柴田さんはどこに隠れていたというのか。音もしなかった。

「今のは？」

まさか毒を打たれたのだろうか。

俺の考えを察したように、柴田さんは化粧っ気のない顔に薄く笑みを作った。

「私が自分に打っているものだもの、人体に害はないわ」

自分に打っている？　まさか、危険なドラッグの類では……。

そう思った時、クラリとめまいがした。頭から血の気が引いていくようで、急激な身体の変化に悲鳴を上げるように心臓が激しく脈打ち始めた。嫌な汗が浮かぶ。

「一体、なにを……」

俺は床に両手をついた。力が入らない。

「薊さん……」

薊さんは眉を下げて心配そうに俺を見ている。

そんな顔をさせるために、ここに来たんじゃない。

俺は全身に力を込めようとして失敗した。身体が痙攣する。

ここで倒れるわけにはいかない。俺は薊さんを助けに来たんだ。

頭を振ろうとして余計に眩暈が激しくなり――。

俺は意識を失った。


…………………

…………


……甘い。

覚醒しながら感じたのは、口の中の粘つく感覚と甘味だった。

「待雪クン」

高くも低くもない心地の良い柔らかな声が、独特のイントネーションで俺を呼ぶ。最初は気になっていたけれど、俺だけ特別のようで、この呼ばれ方が好きになっていた。

「待雪クン、大丈夫？」

少し離れた位置から声がする。

俺は上体を起こそうとして、思ったように動けなかった。すぐに拘束されていると気づく。

後ろ手で両手首を縛られて、足首も固定されている。手はパイプベッドの足に繋がれていた。両足を拘束している紐と同じならばビニール紐だろう。紐の耐久性が弱いと思ったのか、幾重にも厳重に紐が巻かれていた。

俺は横たわっていた身体をゆっくりと起こした。身に着けていたボディバッグがなくなっている。

薊さんは足を伸ばせば届くくらいの位置にいて、同じベッドの隣の足に結ばれていた。喋ろうとして、ねっとりとした粘つきの中に、舌が顆粒を見つける。

「砂糖か」

どうやら気を失っている間に、口の中に粒子の細かい砂糖を入れられたようだ。

「彼女は糖尿病なんだ」

薊さんがそう言った。

柴田さんが糖尿病であることと口の中の砂糖に、どんな関係が？

俺は首をかしげた。

「さっきの注射はインスリンだよ。血糖値が急速に低下したことで、昏睡状態になったんだ」

「薊さんも店であの注射をされて、ここに連れてこられたんですね」

薊さんは頷いた。

なるほど、だから血糖値を上げて意識を戻すために砂糖を摂らされたのか。

糖尿病治療でインスリンの自己注射を行う人もいると聞いたことがある。特別な道具を揃えたわけではなく、元々持っているもので薊さんをさらったんだ。

「助けに来てくれてありがとう。巻きこんじゃってごめんね。彼女は気が弱いところがあるから、待雪クンが来た時点で諦めて解放してくれると思ったんだけど」

「謝るのはこっちです。俺まで捕まってしまって、情けないです」

俺はうなだれた。まだ頭の奥が少しズキズキする。薊さんは「そんな」と首を振った。

「心細かったんだ。待雪クンがいてくれるだけで嬉しいよ」

照れたように薊さんは笑った。後ろ手で縛られているせいで細い肩が余計に小さく見え、細い腰をそらせて長い足を揃えて横に流している姿は、なんだか捕らわれの姫のように見えた。

「そういえば、ガムテープが剥がされていますね」

俺が来た時には、薊さんの口に太いガムテープが貼られていた。

「この辺りは人気《ひとけ》がなくて叫んでも無駄だからって、口は元々自由だったんだ。待雪クンが来た時にガムテープを貼られたんだよ」

確かに、廃工場にスーパーの壁、高架線に囲まれた奥まったアパートでは、相当な大声を出さなければ通行人まで届かないだろう。

「周囲に人がいなくても、住人がいるでしょう」

「柴田さん以外には、耳が遠い高齢の方と、長距離トラックの運転手でほとんど部屋に戻らない人と、工場の三交替勤務で部屋にいる間はずっと耳栓をしている人の三人が住んでいるそうだよ」

ならば叫び続けていれば、いつか誰かが気づく可能性がある。しかし、そんなことをしたら口にガムテープをグルグル巻きにされるだろう。こうして薊さんと情報交換ができる環境にあるのだから、しばらく様子を見たほうが賢明かもしれない。

「柴田さんは、今どこに？」

「台所。夕食を作っているみたいだよ」

そういえば煮物のような匂いがする。この位置では開いたドアから玄関の一部が見えるのみで、台所までは見えない。

「柴田さんは、なぜ薊さんをさらったんですか？」

俺がそう尋ねると、薊さんは困ったシャム猫のような表情になった。

「僕を、一生養いたいんだって」

ヒモかペットか。

「この部屋から出ないと約束できるなら拘束を解くと言われたんだけど、そんな約束できないからね」

俺だったら嘘の承諾をして、身体が自由になったら逃げ出すけどな。

「今日届けなければいけない花がたくさんあったのに、お客様に申し訳がないよ。花たちも心配だ、一日放置してしまった」

薊さんは体育座りのように曲げた膝の上に額を載せた。自分のことよりも、客や花のことを心配している。

「お待ちどうさま、一之瀬さん」

エプロンを身に着けた柴田さんがお盆を持ってやってきた。ウキウキという文字が背景に見えるくらい浮かれている。彼女の中では新婚生活が始まっているのかもしれない。

そう思っていた俺と目が合うと、柴田さんは細い目でギッと睨んできた。

「お邪魔虫」

やっぱりか。

柴田さんは薊さんの隣に腰を下ろすと、お盆を床に置いた。ここからではあまり見えないが、ご飯とみそ汁、根菜と鶏肉の煮物、サラダ、デザートのようだ。一人分しか盆に載っていない。

「一之瀬さん、アーン」

柴田さんは鶏肉を箸でつまんで薊さんの口元に運んだ。薊さんは顔をそらす。

「食欲がないから、待雪クンに食べてもらって」

「そっちの目つきの悪い邪魔者は、これで充分よ」

エプロンのポケットから取り出した袋入りあんパンをポイッと俺の足元に投げた。両手が使えないのに、どうやってビニールを開けろというのか。

幸いなことに、血糖値が乱高下したせいか頭痛のせいか、俺も空腹を感じていないので、歯でビニールを破くなんてことはしなくてすみそうだ。

「一之瀬さんは食べなきゃだめよ。ここにきてからなにも口にしていないじゃない。身体を壊しちゃうわ」

誰のせいだ、と喉元まで出かかった。

「柴田さんを困らせたくて言ってるんじゃないんだ。本当に食欲がなくて。せっかく作ってくれたのに、ごめんね」

なぜ薊さんが謝る。

いちいち柴田さんの言動が腹立たしくて、拳に力を込めた。ビニール紐が手首に食い込む。

この紐、どんなふうにパイプに結ばれているのだろう。

俺は紐の流れを指先の感覚で探った。

「柴田さん、こんなことやめよう。二人も行方不明になったら警察が動いて、すぐにここがわかるよ。柴田さんの将来に関わってしまう」

どこまでも薊さんは柴田さんを慮っていた。

思ったとおり薊さんの花のメッセージは、警察には届けずに迎えに来てほしいという思いが込められていたようだ。

「そんなことないわ。昨夜は上手くやったし、この人が乗ってきた車を別の場所に移動してしまえば、私と花屋を結びつけるものはないわ」

いや、いくらでもあるだろう。特にカウンターの下にしまってある、あの呪いのような手紙は致命的な証拠だ。

薊さんは少し姿勢を正して、柴田さんを真っ直ぐに見た。

「なぜこんなことをしようと思ったのか、やっぱり聞かせてくれないかな」

何度か尋ねたような聞き方だった。

「……そうね、わかったわ。一之瀬さんはずっとここで暮らすんだもの、知りたいわよね」

そのねっとりとした喋り方に寒気が走る。

あの手紙や花束でもわかるが、誇大妄想が激しいタイプのようだ。

柴田さんは「しらふじゃ話しにくいから、お酒持ってくる」と言って、梅酒の瓶とガラスコップを手に戻ってきた。少し離れた椅子に座って、梅酒をテーブルに置く。

「私はちょっと太っているせいか、ずっと彼氏ができなかったの」

いやちょっとじゃない、と突っ込みたいところだ。これは健康を害するレベルだ。……

もう病気になっているが。

「でもこの肌触りがいいって人は結構多いし、たまたま運命の人に出会っていないだけだと思う。付き合ってみないと運命の人かわからないでしょ、だから、いいなと思ったらどんどん告白をしていたんだけど、なぜか上手くいかなくて」

なぜかじゃない。どうしてこんなに自信を持てるのだろうか。

「来年三十路になってしまうから、どうしても二十代のうちに結婚したかったの。だから出会い系アプリに五つ登録して、いろんな男性と会いまくったのよ。その中の一人が、結婚を前提に付き合いたいって言って来たの。生まれて初めて告白を受けたわ」

柴田さんは乙女のように顔を赤らめて両手を組んだ。

「でもね」

柴田さんは肩を落とし、ガラスコップに梅酒をなみなみと注いだ。

「一か月もたたないうちに、五百万貸してくれって言われた。そうよ、お金目当てだったの。私はプロフィールに預金がたくさんあると書いていたから……」

柴田さんはコップを握る手に力をこめて小さく震えると、一気にあおった。梅酒の原液は、そういう飲み方をするものじゃないと思うのだが。

「お金をくれないなら別れるというから、結婚してからだったらいいよって言ったけど、『お前みたいなのと誰が結婚するか』って言われたの。本当に傷ついた」

「ひどいね」

薊さんは形のいい眉を寄せた。こんな状況だというのに、心から同情しているようだ。人がいいにもほどがある。

「それから何度も連絡をしたけど、返事はなかった。電話番号も変わってた。でも私は彼からの連絡を待っていたの。気の迷いってあるでしょ。暴言を反省して、やり直そうって言ってくれるはずだって信じて。ずっとずっと、連絡を待ってた」

柴田さんはうなだれた。


ずっとずっと、待っていた——

柴田さんの言葉が、父を待つ母と重なった。

俺は父を見たことがない。

「お父さんはいつ帰ってくるの？」

幼い俺が尋ねると、母は決まって「すぐに帰ってくるよ」と答えた。

「待っていれば、あの人はきっと戻ってくる」

庭の花の手入れをしながら、母は父を待っていたのだ。

それがいつからだろう。

「いつも、ここにいる」

と答えが変わったのは。

「ここって、どこ？」

俺が尋ねても母は答えなかった。

俺はそれが、母のあの俳句と関係がある気がしていた。

——秘するもの眠る桜の下なりし

桜の下で眠っている、秘するものとは、もしかすると……。

俺はいつも、そこで思考を停止させる。

それ以上考えてはいけない。

だから、母のことも、花のことも、心の奥にしまって蓋をしていた。

目をそむけて、触れないように。

それではいけないとわかっている。

過去に、母の遺したメッセージに向き合わなくてはいけない。

しかし、そこに踏み込むのが怖かった。

そんな時、手を差し伸べ、優しく背中を押してくれたのが、薊さんだった——。

柴田さんは、またコップの梅酒を一気に飲んだ。

「いつまでも彼を待つことはできない。私はこの日までに連絡がなければ諦めますと、締め切りを定めてメッセージを送ったの。……だけどやっぱり、連絡がなかった。泣きながら神楽坂を歩いていると、綺麗な花が目に入って足を止めた。その時よ、一之瀬さんが声をかけてくれたのは」

柴田さんはコップを両手で包んで、うっとりとして目を閉じた。

「半年前のことよ。運命の人だと思った。一之瀬さんの名前を知るまでは、プレゼントしてくれた花の名前から、メランポジウムの王子様って呼んでたわ」

柴田さんらしいネーミングセンスだと思った。

「私は今年中に結婚したかったから、それからもアプリ経由で男性と会っていたけど、一之瀬さん以上の人なんていなかった。私は一之瀬さんと結ばれるしかないと思ったの。ラブレターを書いて思いを伝えたけど、ふられてしまった」

あれはやっぱりラブレターのつもりだったのか。なぜあんな呪いまがいのものにしたのか、小一時間問い詰めたい。

「いつもだったら諦めるところだけど、どうしても諦められなかった。だから数週間前、大きな花束をプレゼントした。一番じゃなくてもいい。傍にいるだけでいい。私を幸せにできるのは一之瀬さんしかいないから」

柴田さんは薊さんを見つめた。どんよりとした瞳は、執着の塊のように見える。

「思いを込めた花束だったのに、突き返された。ショックだった」

こもり気味の声のトーンが低くなり、それは動物のうめき声にも似ていた。

柴田さんはまた梅酒を飲むと、表情を改めて笑顔を作った。

「でも、仕方がないと考え直したの。一之瀬さんはお店が忙しいから、私といる時間が取れないんだなって。だからもう働かなくていいの。ここで、私とおしゃべりしてくれるだけでいい。私が一生養ってあげるから。私がこんな安普請に住んでいるのは、お金を貯めるため。本当にたくさん預金があるのよ。お金は裏切らないから」

柴田さんは誇大妄想をこじらせていた。恋は盲目なんてレベルじゃない。拉致したことを、まったく悪いと思っていないようだ。

「ごめんね柴田さん、僕はここにはいられないよ。花屋の仕事が大好きなんだ。花に囲まれていたいんだよ」

「花なら、毎日いっぱい買ってあげる」

柴田さんはにっこりと微笑む。

同じ言語を使っているとは思えないほど、話がかみ合っていなかった。柴田さんの耳にはフィルターがついていて、都合のいい言葉以外は弾いてしまうのかもしれない。

……どこかで着信音が鳴っている。柴田さんはエプロンのポケットに手を入れてスマートフォンを取り出した。

「あ、会社からだ。ちゃんと休むって連絡を入れたのに」

ブツブツ言いながら柴田さんは立ち上がって台所に向かった。

「同情できるところはあっても、悪質なストーカー犯罪です。彼女はなにをするかわかりませんよ」

俺は小声で感想を述べた。

「警察が来る前に抜け出せないかな。前科がついたら可哀想だよ」

「まだそんなことを言いますか」

お人好しすぎるのも問題がある気がする。

「まあでも、俺だって早く帰りたいです。薊さん、このベッドは持ち上がりそうですよ」

「本当？　僕もやってみたんだけど、できなかったよ」

薊さんは驚いている。

そんなに細い腕じゃ無理でしょう、と思ったが、線が細いことは割と気にしているようなので口にはしない。

「どうやって紐に結ばれているか、触って確認してみたんです。まず両手首に紐が輪っか状に巻かれていて、手首の輪の中央を通しながら、別の紐でベッドの足をグルグルと巻いています」

「ベッドの足が持ち上がれば巻かれている紐が落ちて、そこから離れることができるんだね」

「そうです。後ろ手の紐はそのままですけど、なんとか逃げ出せるでしょう」

俺は両足を床につけて膝を曲げ、尾てい骨辺りにある両手でベッドの足の先を掴んだ。重心を前に倒すようにしながらベッドの足を持ち上げると、数センチ浮いた。ベッドはかなりの重みがあるが、その空間をキープしながら、指でベッドの足に巻かれた紐を下にずらしていく。

紐が足先まできた。

もう少し。隙間から紐を抜き出せば――

「あっ、待雪クン」

もう少しで抜けるという瞬間、薊さんの声とほぼ同時にベッドの重みが増した。浮いていたベッドの足が床に叩きつけられて大きな音を立てる。

柴田さんが戻ってきていた。

ベッドに座り、恐ろしい形相で俺を睨みつけている。

「逃げ出そうとしていたわね」

下から見上げているからか、迫力があった。表情の効果も相まって、肉厚の身体が迫りくる壁のようで、見ているだけで押しつぶされそうだった。

「邪魔者をどうしようかと思っていたけど、やっぱり大人しくさせるしかないようね。ここは私と一之瀬さんだけの楽園なんだもの」

柴田さんは部屋を出ていった。

すぐに戻ってきた柴田さんの手には、見慣れないハンマーがあった。

工具の金槌ではない。それよりも何倍も大きい。素材は鉄のようだが、形としては餅つきに使う杵に近い。

「これ、ダイエット用に通販で買ったの。重いから使ってないけど」

柴田さんの言葉で思い出した。これはトレーニング用のハンマーだ。重いハンマーをタイヤに叩きつけることを繰り返すことで、広背筋や上腕二頭筋などが鍛えられる。ダイエットというよりは、格闘家が好んで行うトレーニングだ。有名なボクシング映画でも、そんなシーンがあった。

「それを、どうするの？」

薊さんは震えた声で柴田さんに声をかけた。

そうだ、そんな悠長なことを考えている場合ではなかった。あまりに現実離れした状況に、思考が逃避したようだ。

「大丈夫よ、私も流血沙汰なんていやだわ」

柴田さんはにっこりと微笑む。

薊さんは表情を強張らせたまま、「じゃあ、それは？」と尋ねた。

「二度と逃げる気を起こさないように、ちょっと骨を折るだけよ」

無邪気ともとれる笑顔を浮かべる柴田さんは、昏い瞳で俺を見た。

本気だ。

背中が冷える。あんなものを振り下ろされたら折れるだけではすまない。

俺は足掻こうと再びベッドの足を持ち上げようとするが、気づいた柴田さんは片足をベッドに載せた。それだけで、もうベッドは動かない。

ハンマーを両手で構える柴田さんを見上げると、以前見たスリラー映画を思い出す。そういえば、あの主演女優と柴田さんは体形も髪型も似ている。

「大丈夫よ、昔見た映画では上手くやってたから」

同じ映画を思い出していたようだ。こんなことで意気投合しても全然嬉しくない。

「やめて柴田さん！」

薊さんが悲痛に叫ぶ。

「僕にできることならなんでもするから、待雪クンを傷つけないで」

柴田さんは頬を紅潮させる。

「本当？　じゃあ、結婚してくれる？」

「薊さん、そんな約束しないでください。俺はどうにかなりますから」

俺は薊さんに答えを言わせないように声を張った。

「どうにかって、どうするの？　あなたは動けないけど」

柴田さんが俺の膝を踏みつける。その足を払おうとするが、体重をかけられるとどうにもならない。

「ほら、あとはこれを振り下ろすだけで足が折れるわ」

柴田さんはハンマーを顔の前あたりで揺らした。楽しんでいるようだ。

当然、俺に策なんてなにもない。

「手足は四本もあるんだもの。まずは一本、折ってみましょう」

枯れ枝でも折りましょう、というような軽い調子で柴田さんは言った。

「お願いだから、それを置いて」

薊さんが懇願する。

「私と結婚してくれたらやめてあげる。でも、二本目からね。一本目はタイムオーバーよ」

柴田さんは狙いを定めるようにハンマーを振りかぶった。

もう柴田さんを止める方法はない。

「やめて！」

薊さんが叫ぶ。

俺は痛みに耐えようと、目をつぶって歯を食いしばった。

「……っ！」

腹に力をこめて息を止める。

……しかし、衝撃は起こらなかった。

「……」

そっと顔をあげると、ハンマーを振り上げたままの柴田さんが窓を見ていた。

「誰か来た」

柴田さんは俺の膝に載せていた足をはずして、窓際に歩み寄った。カーテン越しに真っ暗な外を見下ろしている。

俺は止めていた息を吐き出した。

助かった……。

訪問者には感謝しかない。

百メートル走の後のように心臓がドクドクと脈打ち、全身から汗が噴き出した。

「待雪クン、ごめんね。こんなことになるなんて……」

薊さんが泣きそうに顔をゆがめながら、拘束から逃れようと身をねじっていた。

「薊さん、そんなに動かないでください。手首が擦り切れますよ」

「そんなことくらい。僕のせいで待雪クンが傷ついてしまったら、どうすればいいのかわ

い。

薊さんの瞳が濡れている。俺以上に柴田さんの行為に恐怖し、怯えていたのかもしれない。

この人の優しさにつけこんで傷つけている柴田さんを、自分がされた仕打ち以上に腹立たしく思った。

女性とはいえ、この拘束が解けたら思い切り殴ってやる。

緊張と緩和で注意が散漫になっていると、近くでビッと音がした。気づくと目の前に柴田さんがいて、口にガムテープを貼られた。薊さんも同様だ。

それから柴田さんはハンマーをベッドの上に載せた。ベッドを動かせなくするための重しだろう。そして壁際にあるクローゼットを開けて入り、蓋をするように部屋のドアを半開きにした。

だから俺が来た時、ドアが半開きだったのか、と納得する。

俺が注射を打たれた時、俺と薊さん以外には人影はなく、人が隠れる場所もないと思っていた。しかし柴田さんはドアの陰に潜んでいたのだ。部屋に入った時の俺の位置からは、クローゼットもその中にいる柴田さんも死角だった。薊さんのように細身なら、クローゼットを開けなくてもドアの陰に隠れることができるだろう。

俺がこの部屋に入って薊さんに意識が向いていた時、背後に柴田さんがいた。だから音もなく、一瞬で俺に注射を打つことができたのだ。

この部屋は薊さんを囮とした罠だった。

そう考えていると、呼び鈴が鳴った。誰かが訪ねてきたのだ。

ピンポーンとゆっくり二回鳴った後、立て続けに音が鳴った。呼び鈴を連打しているのだろう。よほど苛立っているのか短気な人物に違いない。

ほどなくドアノブが回る音、ドアが開く音が続けて聞こえる。そしてカツカツと大股のヒールの音が近づいてきた。土足で入ってきたようだ。

既に、訪問者に予感があった。

そしてやはり、部屋に入ってきたのは――

背中まであるウェーブの髪と、赤いゴージャスなロングコートをマントのようにひるがえし、細身のパンツの上に膝上のロングブーツをはいた、見目麗しい長身の男性。

薊さんの兄・満作さんだ。

「なんてひどいことを。すぐにほどいてあげるから」

満作さんは屈んで薊さんを抱きしめた。

「んんんっ」

薊さんは首を振って呻く。

満作さんの背後に、ドアの陰から顔を出す柴田さんが見える。

俺も声を上げて満作さんに知らせようとするが、ただのうめき声にしかならない。

俺が注射を打たれた状況とまったく同じだ。

柴田さんは音もなく近づいて、左手で軽くコートをめくるのと同時に、注射器を満作さんの脇腹に刺した。

「わたしに触れようなんて百年早い」

満作さんは立ち上がって手首を見せる。

……脇腹に針が刺さったと思ったのだが、満作さんは厚みのある革のリストバンドで防いでいた。

「なっ……！」

「バカ女。そこから動くんじゃないよ」

驚いている柴田さんを牽制した満作さんは、改めて薊さんの前に屈んだ。

「可哀想に、手首が鬱血して擦り切れてる」

満作さんは小型のナイフを取り出して薊さんの紐を切り、慎重にガムテープを剥がした。

「ありがとう兄さん。待雪クンの紐も切ってあげて」

「わかってる。遅くなってごめん」

満作さんは大切な宝物のように、もう一度薊さんを抱擁した。

それから満作さんは俺の前に移動した。

俺に先ほどまでとは違う緊張が走る。

満作さんは俺を拘束している紐を切ると「ガムテープは自分で剥がしなさい」と言った。そのハスキーな声は少し低い。不機嫌なのかもしれない。それもそのはずだ。俺は「番犬」の役割を果たせなかったのだから。

「すみません、役立たずで」

俺はうなだれた。薊さんを助けられなかっただけでなく、満作さんの期待も裏切ってしまった。

「ったく」

満作さんはため息をついた。

「バカね。図体は大きいけど、あんたはまだ十代なんだから無理しないの。怖かったでしょ」

満作さんは労わるように俺のことも抱擁してくれた。怒られるとばかり思っていたから、以前と同じ甘い香水の匂いに包まれて、目の奥が熱くなった。

「僕も。来てくれてありがとう、待雪クン」

満作さんの反対サイドから、薊さんの腕にも包まれた。

「……いえ」

胸がいっぱいで、それ以上言葉にならなかった。

俺は「能面」と呼ばれるようになった頃から、笑うことも、泣くこともなくなった。泣きたくても涙が出ないのだ。

だけど最近、錆び付いて動かなくなっていた涙腺の、感情のスイッチに、薊さんが、満作さんが、マリアが、少しずつ油を注いでくれている気がする。

「満作さん、海外にいたんじゃないんですか？」

俺は照れくさくて、視線をそらしながら尋ねた。二人からの抱擁がとかれる。

「いたよ。文字通り飛んで帰ってきたから時間がかかったのよ」

ポンと俺の頭に手を載せて、満作さんは立ち上がった。

「さあ、わたしの可愛いアザミンと番犬を拉致監禁したバカ女。話を聞かせてもらいましょうか」

部屋のドアを乱暴に閉めて逃げ場を塞いだ満作さんは、腕を組んで柴田さんを見下ろした。そのどすの利いた声に気圧されて尻もちをついた柴田さんは、たわわな頬を震わせて真っ青になった。

「インスリンを使うなんて、なんてバカなの！」

一通り説明すると、満作さんは柴田さんを叱りつけた。あれからずっと柴田さんは床の上で正座だ。痺れたと泣いても満作さんは足を崩すことを許さない。

「インスリンを使った殺人未遂事件があったのを知らないの？　下手すりゃ死ぬんだよ」

「私は扱い慣れてるから、気絶させる適量を知ってるもの」

反論した柴田さんを満作さんは睨む。

「人によって適量なんて違うんだよ。あんたは医者か、バカ女」

「兄さん、柴田さんには名前があるんだから……」

「バカ女で充分」

今回ばかりは俺も満作さんに同意だ。

満作さんの到着が少しでも遅ければ、俺の足はくだけていたに違いない。それに薊さんを拉致した犯罪者だ。甘やかしてはいけない。

「悲劇のヒロインぶっちゃって、失恋なんてよくある話でしょ。それを免罪符に好き勝手していたら犯罪者だらけになるじゃない」

まったくだ。ごもっとも。

「だいたいこの世の中、よくできてるのよ。蓼食う虫も好き好きで、あんたみたいな容姿が大好物の輩だっているのに、それだけ数を当たって敗れてるのは、あんたの性格に問題があるに決まってるでしょ。人を恨む前に省みなさい」

「性格が悪いなんて言われたことないもん」

「改善する見込みがない人には、誰も忠告してくれないのよ」

満作さんは相変わらず直球だ。

柴田さんはふてくされた顔をしている。さっきから満作さんの話に「はい」とか「そうですね」という同意はまったくなく、言い訳ばかりしていた。既にそこに性格がにじみ出ている。

「性格なんて環境で変わるから、わかりやすく容姿を変えてみれば？　誰でもいいからもてたいんでしょ。そうね、三十キロくらい痩せて自分を磨いて、男から声をかけられる女になりなさい」

「今だって痩せる努力をしてるのに、三十キロなんて絶対に無理よ」

「はあ？　どの口が努力とか言ってるの？」

満作さんは整った眉を吊り上げた。

「台所のテーブルにある、スナック菓子に菓子パン、インスタントラーメンの山はなによ。あんな炭水化物と脂肪の塊を食べて太らないわけがないでしょ。酒を飲むにも、よりによってそこにある砂糖漬けのようなものを選ばなくていいじゃない。どうせ運動だってしてないんでしょ。医者にだって食事制限と運動をしろって言われてるんじゃないの？」

図星のようで、柴田さんは悔しそうに下唇を噛んだ。顎が梅干しのようにしわになっている。

満作さんは一気にまくしたてたあと、少し口調を和らげた。

「二十九歳ならわたしと同級よ。人生まだ長いんだから、綺麗になって男を手玉に取るくらいになってみせなさいよ。誘拐するほどの度胸があるなら素質充分。自分を向上させる方にパワーを向けたら、あなたが理想とするバラ色の生活だって手に入るはずだから」

「……」

柴田さんはうつむいてしばらく黙る。また歯向かうのか。それとも、今度こそ心に響いたか。

柴田さんはゆっくりと顔をあげる。

「……私、こんなに説教をされたの、初めて」

やっと否定以外の言葉を発した。

ふと見ると、満作さんを見上げる柴田さんの表情が変わっていた。

頬を紅潮させて、細い瞳を輝かせている。

これは……。

俺は、「柴田さんはとても惚れっぽいようだ」と話していた薊さんの言葉を思い出した。

そうはいっても、誘拐までして一生養う結婚すると騒いでいた相手の前で、よくもまあ他の男を好きになれるものだ。

満作さんも柴田さんの変化に気づいたのか、眉を寄せていた。それから一人気づいていない様子の薊さんに視線を向ける。

「アザミン、本当にこのバカ女を警察に突き出す気はないのね？」

「うん。二人のおかげで、こうして無事にすんだから」

薊さんは菩薩のように微笑んだ。

俺たちの時間や、精神的・肉体的苦痛。満作さんはおそらく仕事を放って駆けつけてくれたのだし、花屋は一日休業し、そのリカバリーも大変で……と考えると、まったく「無事」だと思わないが、薊さんがそう言うのなら仕方がない。

「そう、じゃあわたしが引き受けるか」

満作さんは小さく呟いて、改めて柴田さんを見た。

「わたしは不精で嘘つきが大嫌いなの。これから規則正しい生活をして、仕事もしっかりこなして、そして三十キロ減量できたら、わたしに話しかける権利をあげる。それまでは絶対に連絡してこないように」

そう言って満作さんは、柴田さんに会社の名刺を渡した。受け取った柴田さんは顔を輝かせて「絶対に痩せてみせるわ！」と宣言した。

「満作さん、いいんですか？」

俺は満作さんに耳打ちする。

満作さんの魂胆は、薊さんから目をそらさせつつ、柴田さんの人生の軌道修正もしてあげようというものだろう。いまのままでは健康にも日常生活にも支障のある体形だ。それにさっき満作さんが言っていたように、見た目が変われば見える世界も変わり、性格が前向きになるかもしれない。

「会社の情報なんて、ネットで調べればすぐに出るでしょ」

「そうですけど。でも彼女は、相当に危険ですよ」

そう言った俺を、満作さんは視線だけで流し見た。

「わたしより？」

満作さんは妖艶に微笑んだ。俺は思わず息をのむ。

俺は確信した。

完全に余計なお世話だった。この人なら柴田さんが十人束でかかっても大丈夫だ、と。


ここまでタクシーで来たという満作さんも一緒に、俺たちはミニバンに乗り込んだ。丸一日なにも口にしていない薊さんのために、九段下にあるお粥専門店に向かうことになった。九段下は千代田区だが、神楽坂下まで徒歩十分ほどしかかからないほど近い。

運転するのは俺、薊さんと満作さんは後部座席に座った。さっそく満作さんは鞄からヘアピンやゴムを出して、薊さんの髪をいじりはじめる。

「満作さん、よく柴田さんの家がわかりましたね」

バックミラー越しに満作さんをチラリと見ながら俺が言った。

「花屋のカウンターに花が置いてあったでしょ」

満作さんもあの暗号を解いたのか。

「あの暗号は、子供の頃に僕たち二人で考えた遊びなんだ」

薊さんはそう笑った。

一之瀬家族は花に囲まれた環境にあった。そこで、切り花を使った暗号ゲームをしたのだそうだ。

初めは答えになる順番に切り花を並べていたが、そのうちにシャッフルをして、言葉を入れ替えて当てるようになった。俺も今日やった、アナグラムというやつだ。

「じゃああれは、初めから満作さんへのメッセージだったんですか？」

「ううん、待雪クン宛てだよ。咄嗟にあれしか思いつかなかったんだ。伝わってよかったよ」

バックミラー越しに俺を見ながら薊さんは微笑む。

「柴田さんの名前がわかっても、満作さんは住所がわかりませんよね？」

「花屋が人手不足になるとわたしが店に入っていたから、顧客情報くらいすぐにチェックできる。言っておくけど、わたしは番犬以上に店のことも花のことも詳しいからね。でも、わたしまで花卉《かき》業界に入ったら親の思う壺だから、絶対にやってあげない」

満作さんが家族の中で一人だけ植物関連の職業についていないのは、親への反発のようだ。

因みに花卉とは、観賞用の植物全般のことだ。花だけでなく、観葉植物や盆栽なども含まれる。〝卉〟は草を表す字なのだ。

「兄さんが助けに来てくれた時、子供の時の誘拐の件を思い出したよ」

髪をいじられている薊さんがクスクスと笑う。

「薊さん、以前にも誘拐されたことがあるんですか？」

俺は驚く。そう何度も誘拐されることなんてないはずだ。

しかし薊さんなら、さぞ可愛らしい子供だったことだろう。出来心を誘発しかねない。

「僕じゃなくて、兄さんがね」

「えっ、満作さんが？　どういう状況だったんですか」

子供の頃からしたたかそうな満作さんだが、抵抗できずに連れ去られる、そんな時期もあったのか。俄然、興味がわいた。

「あれねえ」

満作さんは苦笑する。二人は思い出話をしてくれた。

薊さんと満作さんは二人で遊ぶことが多かった。両親が忙しく留守がちだったためだ。

昼間は人の多い白銀公園も、暗くなると静かになる。その日、公園には二人だけしかいなかった。

満作さんがお山のトンネル内で寝そべっていると、青年二人が薊さんに声をかけてきた。お山の滑り台部分にいた薊さんを一人だと勘違いしたようだ。公園は住宅街にあるので、強引に連れ去ると大声を出されると思ったのだろう。男たちは「道に迷ったので、本屋まで案内してほしい」という、善意を利用した悪質な誘い方をした。

しかし、どう話を転がしたのか、「お金に困っているので誘拐計画を立てた」という本音を、薊さんは男たちから引き出した。貧困家庭に育った十代後半の兄弟だった。

驚いたのは、薊さんは男たちの状況に同情し、ついていくと言ったことだ。

さらに驚くことに、その話をトンネルの中で聞いていた満作さんは止めるのではなく、ならば自分が行くと、薊さんの代わりに誘拐されたという。

とんでもない兄弟だ。

交互に説明していた二人は、ここで口を閉じた。喉が渇いたのかもしれないが、残念ながら車内に飲み物はなかった。

「誘拐された満作さんは、その後どうなったんですか？」

いいところで話を切らないでほしい。

「翌日帰ったよ」

満作さんは一晩かけて青年二人に説教し、改心させた。そして働きたいが仕事がないという二人を知人の日本料理店の見習いにさせるという、仕事の紹介まで行った。

青年二人は満作さんを恩人とし、今でも頭が上がらないそうだ。暖簾分けをして店を持つようになった二人は、今では満作さんの会社の上客にもなった。

当時の満作さん、十歳のエピソード。

……やっぱり満作さんは最強だと、改めて思った。

＊　＊　＊

二か月後。

根性で三十キロのダイエットを成功させた柴田さんに、満作さんはつきまとわれることになるのだが、それはまた別の話。

第四話　失われた花束

花屋の冬は厳しい。

二月に入ると、痛いほど身に染みた。

試験が終わり、今日から春休みに入ったので、フルタイムでバイトをすることになった。となれば、大量の水揚げ作業から一日が始まる。

かろうじて足元を温める電気ストーブは置かれているのだが、五度以下の室内で水仕事をするのだから、寒さに弱い人には地獄の環境だろう。

俺は筋肉量が多いので、一般的な人よりは寒さに強いはずだが、それでも長時間の作業となると厳しいものがある。スピーディーに仕事をこなして、体を温めるしかない。

丁度冬休みだったので、花屋にとって母の日に次ぐ繁忙期といわれる年末年始もフルタイムで働いた。お歳暮、クリスマス、正月と行事が重なる時期なので、あの時は寒いと文句を言う暇もないほど忙しかった。

そんな山場を乗り越えたので、水揚げ作業も慣れたものだ。

「待雪クン、本当に速いね」

店長の薊さんが、感心するように俺の手元を見た。

花の水を吸う力を強めるために、茎をハサミやナイフでカットするのだが、キクは刃物を嫌うといわれているので、手折りをする。俺は膂力に任せて数十本まとめて茎を折ることができるので、キクの水揚げは俺の担当となった。薊さんの倍の量だからだ。枝ものも一文字や十文字にハサミで割るのに力がいるので、こちらもいつの間にか俺がすることになっていた。

「待雪クンの手の甲の怪我、ずっと残ってるね。大丈夫?」

「ああ、これは古傷なんです」

左の手の甲に白い線が入っている。あまり目立たないのだが、角度によってはうっすらと見える。子供の頃の傷だ。

そっと傷跡を指先でなぞってみた。

あの日を思い出して、胸が重くなる。

「……あの」

「なに?」

薊さんは作業を続けたまま、俺に笑顔を向けた。肩まで届くストレートの髪がサラリと揺れる。もし笑顔に点数をつけられるなら、百点満点の温かく柔らかい笑みだ。

この数日、悩んでいた。

薊さんに頼みごとをするタイミングだ。

俺が封印していた悩みをいつか薊さんに打ち明けることは、柴田さんの拉致事件の時から決めていた。しかし、なかなか言い出せなかったのだ。

やっぱり思い切って誘うのは、今日のほかにない。

「薊さん、今日の閉店後、時間をもらえませんか？」

少々声が強張ってしまった。

「うん、いいよ。珍しいね、どうしたの？」

薊さんはきょとんとした顔で小首をかしげる。

「薊さんに聞いてもらいたい話があるんです。今日は俺の誕生日で、二十歳になりました。一緒に酒を飲んでもらえませんか？」

「もちろんだよ、おめでとう！　教えてくれてよかった。今日だったのか、誕生花を知っているのに、どうして誕生日を聞きそびれていたんだろう」

薊さんは頭を抱える勢いで項垂れた。

「忙しくて、それどころじゃなかったじゃないですか」

誕生花とされている日は複数ある。スノードロップは一月と二月に数日あり、一月は店が忙しかった。

「お詫びに、いいお店を予約するね。お祝いさせて」

「そんなつもりで誘ったんじゃないです。安い居酒屋でいいし、むしろ俺が奢らなきゃいけないくらいです」

俺は薊さんに、かなり重い頼みをするつもりだ。

薊さんは優しい人だから、きっと引き受けてくれるだろう。俺はそれに甘えようとしている。

「そんな格好つかないこと店長にさせないでよ。こういう時は、頼ってもらった方が嬉しいな」

「……はい、ありがとうございます」

いつも温かい薊さんといると俺まで温められて、今まで凍っていた場所が少しずつ溶けていく。

心の可動域が広がっていく。

それはなんとも不思議な感覚だった。

「そういえば、誕生日に誰かと外食をするのは初めてだ」

しかも祝ってもらえるなんて、大人げもなくワクワクしてしまう。

それだけではなく、今まで誰にも打ち明けなかった話をしようとしているので、胸が締め付けられるような圧迫感も同時に感じて、仕事に集中できなかった。ミスはしないように細心の注意を払っていたが、自分でも心ここにあらずといった体だとわかっていた。

「花束を作ってもらいたいのですが、一之瀬店長いますか？」

閉店近くになった頃、スーツの上にネイビーのトレンチコートを羽織った男性客が来た。軽くウェーブのかかった黒髪で、年齢は二十代後半か。少々緊張している様子だ。

バックヤードでスタンド花を作っていた薊さんを呼ぶと、「青山《あおやま》さんこんばんは」と話しかけた。常連客のようだ。覚えていないだけで、俺自身も接客をしたことがあるのかもしれない。

「豪華に作ってください。ネイビーやバイオレット系に統一したいと思っています」

「お好みの花はありますか？」

「はい。彼女のリクエストがあります。えっと」

青山さんはスマートフォンを取り出す。

「ストック、ヤグルマギク、カトレア、キキョウ……」

画面を見ながら、いくつかの花を読み上げた。

指定された花を手に取りながら、薊さんはその場で花束を作っていく。いつ見ても鮮やかな手さばきで、思わず見惚れてしまう。

あっという間に依頼通りの豪華で美しい花束に仕上がった。顔が隠れるほど大きな花束は、なかなかの値段になる。

「一之瀬さん。今日はあの人の誕生日なんです。プロポーズをしようと思っています」

「いよいよですね。お相手も喜ぶでしょう。リラックスですよ」

薊さんは力んでいる青山さんの肩に手を置いた。「は、はい」と上ずった声で青山さんは返事をする。まったく力が抜けていない。

青山さんは花束を持ち、ぎくしゃくした動きで店を後にした。

「青山さんは、イベントのたびに彼女さんに花束をプレゼントしているんだよ。上手くいくといいね」

薊さんは、にこやかに青山さんを見送った。

そして閉店後。俺たちは徒歩で飲食店に向かった。

神楽坂通りから小路に入り、車が入れない細く入り組んだかくれんぼ横丁に入る。

「そういえば、待雪クンは見つけた？」

薊さんは足元の石畳を指さす。

「いいえ。探したこともないです」

「僕は時々探すんだけど、なかなか見つからないんだよね」

薊さんが言っているのは、まだ新しい都市伝説のことだ。

かくれんぼ横丁は石畳と黒壁の粋な横丁なのだが、数年前に石畳がリニューアルされた。

その際に特別な三つの石が埋め込まれたのだ。

その石を見つけると願いが成就するという。

「ハート形」の石は恋愛運、「星形」は出世運、「ダイヤ形」は金運の向上だ。

かくれんぼ横丁で下ばかり見ている人を見かけると、きっと例の石を探しているのだなと思っていたが、薊さんもその一人だったとは。

それから俺たちは石畳を見ながら歩いた。

「あ」

ダイヤ形が彫られた石があっさりと見つかった。

「もしかして待雪クン、もう見つけたの？　どこ？　あっ、やっぱり待って、自分で見つけないとご利益がないよね」

薊さんがあわあわとしている。そして屈んで目を凝らして探し始めた。そういえば、薊さんはあまり目がよくないと言っていたか。

「あった！　待雪クン、やっと一つ見つけたよ。ダイヤだから、金運、商売繁盛だね。やった！」

薊さんは俺に両手を向けてきた。俺も思わず両手を開く。薊さんの手と俺の手が重なってパチンと鳴った。

おお、これがハイタッチか。

思わず手の平を見つめた。実は初体験だ。

かくれんぼ横丁を抜け、神楽坂最大の横丁といわれている本多《ほんだ》横丁に出る。

本多横丁も名店が多い。しかし薊さんはそこではなく、再び石畳になっている路地の一角に入った。兵庫《ひょうご》横丁だ。

そして表札がなく、店なのか家なのか判別ができない門の前で止まった。

「ここですか？」

「うん。イタリアンの店だって」

重厚な扉を開けると、レンガと古材があしらわれたモダンな内装のフロアが広がっていた。テーブルの間隔があいていて、空間を贅沢に使った造りだ。照明はかなり絞られている。クラシックの音楽は若干大きめのようだ。隣のテーブル客の会話が聞こえないようにする配慮だろうか。

「いらっしゃいませ」

「一之瀬です」

「お待ちしておりました。こちらへ」

コートを預け、洗練された動きの給仕にスムーズに案内される。周囲の客は盛装していて金持ちそうだ。

「俺、パーカーとGパンなんですけど」

「僕も普段着だよ。カジュアルな店だって言ってたから、大丈夫だよ」

これがカジュアルなら、俺は単語の意味を間違って覚えたのかもしれない。

「薊さん、よく来るんですか？」

「ううん、初めて。僕はあまり外食をしないから、飲食店のことはよくわからなくて。兄さんにおすすめの店を聞いたんだ」

なるほど、満作さんの行きつけなのか。あの人ならこの店に似合う……いや、逆のベクトルで、やっぱり浮きそうだ。

「本日、こちらのテーブルを担当させていただきます、森《もり》と申します」

先ほどとは別の、眼鏡をかけた三十歳前後の男性給仕がやってきた。テーブル担当なんているのか。

森という給仕はおすすめメニューを簡単に説明して去った。

「どれにする？　好きなものを選んで」

薊さんに言われてメニューを開いた。イタリア語だろうか。フリガナが振ってあるが、どんな料理なのか想像すらつかない。

それよりも金額が書いていないのですが。恐ろしい。

「任せてもいいですか？」

薊さんはメニューに視線を走らせると、コクリと頷いた。決めたようだ。

「お店の人に任せよう」

ですよね。

「すみません、トイレに行ってきます」

店の雰囲気もさることながら、これから色々と告白しようとしているので緊張してきた。食事の前にスッキリしておこう。

店内を歩いてみると、普段着の人も多くてホッとする。近所の金持ちが普段使いしてますよ、という感じの、隠れ家的な店のようだ。看板すら出さずにほぼ満席なのだから、人気店なのだろう。

「おっと、すみません」

「いえ」

店内を見回しながら歩いていたら、青いワンピースの女性とぶつかりそうになってしまった。一瞬、バニラのような甘い香りが鼻をかすめる。女性は小走りで去った。

「今のは、よそ見していた俺が悪いな」

しっかり前を向いて歩くことにする。それでなくても、この店は暗いのだから。

「待雪クン、初めてのお酒はどれにする？　食前酒が来るみたいだけど、好きなものを飲みたいでしょ」

席に戻ると、薊さんがドリンクメニューを俺に差し出した。見開きはほとんどワインで占められている。そしてワインの違いがわからない。

「お店の人は、前菜にはこのワインが合うって言ってたけど」

素直にそのワインにしようと思ったが。

「ビールでもいいですか？」

CM効果だろうか、ごくごくと飲んでプハーッというのを体験したい。

せっかく雰囲気のある店に来たのに、俺はどこまでも庶民的だった。

「もちろんだよ。僕も同じものにしようかな」

薊さんが視線を向けただけで、すぐに給仕の森さんが飛んできた。やはりいい店は違う。

……初めて飲むビールは、苦かった。

しばらく他愛のない話をしながら美味い食事に舌鼓を打っていたが、メインの肉料理が運ばれてきた頃、意を決して本題に入ることにした。

「薊さん、俺、花が苦手だって言いましたよね」

三か月前。アルバイト募集の張り紙の前で立ち止まっていて、薊さんに声を掛けられた時の事だ。

「その理由は、親が安易に誕生花を命名したから、というだけじゃないんです。花を見ると、花好きだった母を思い出すのが原因です。母には、あまりいい思い出がないんです」

薊さんは飲んでいたワイングラスをテーブルに置いて、静かな視線を俺に向けた。その眼は、話の先を促しているようだ。

「俺は、母と二人暮らしでした。父のことは知りません。尋ねても、『すぐに帰ってくる』としか言われなかったからです」

父の話をすると母の機嫌が悪くなったので、子供ながらに触れてはいけない話題なのだと理解していた。

母は自宅でフリーランスの仕事をしていたようだ。しかし、だんだんと酒におぼれていった。仕事にも差し支えていたのではないだろうか。

家事は最低限のことはしていたはずだ。飢えた覚えがないからだ。ただし、食事は簡素だった気がするし、部屋も荒れていた。特に酒の空瓶が大量に転がっていたのが印象的だった。

母が学校行事に出席することはなく、俺に笑顔を見せることもなかったが、それでも俺は、母が好きだった。

酒ばかり飲んで相手にされなかったので、嫌われているのではないかという思いから、むしろ積極的に母とコミュニケーションをとろうと努力していた。

「今でも覚えています。小学二年生の頃に、母の絵を持って家に帰りました。母に絵を見せると、突き飛ばされたんです。なにが起きたのか、わかりませんでした。気が付くと血だらけで、救急車で病院に運ばれると、後頭部と手を縫いました。その時の傷が、左手の甲の傷です。母に嫌われていると確信しました」

薊さんは、眉間にしわを寄せて唇を引き締めながら、俺の話を黙って聞いている。

「その日から、母は俺に近づかなくなりました」

その代わり、母の両親が九州からやってきた。二人に俺の世話を任せたのだ。この祖父母がギャンブル好きで、家の金を消費していった。そんな祖父母を、俺は好きになれなかった。

「そんな環境で育ったので、俺は元々感情が乏しい子供だったんですが、それでも普通の範囲だったと思います。今のように表情が動かなくなるきっかけが別にありました」

小学三年の時、同級生に待雪の名前の由来と、スノードロップの花言葉を聞いた。

「花言葉は衝撃でした」


——あなたの死を望む。


嫌われているどころか、母に死を望まれていたのだ。

それから俺は、表情を失った。

笑うことも泣くことも出来なくなった。いくら面白いと思っても笑えないし、悲しいと思っても涙が出ない。

「母は肝硬変になり、俺が小学六年の頃に亡くなりました。入院すると酒が飲めなくなるからと、在宅医療を望みました。亡くなるギリギリまで飲んでいたと思います」

医者にそろそろだと時期を言われていたので、俺は母を看取っている。悲しくなかったわけではない。だけど、心が麻痺しているかのようになにも感じず、涙も出なかった。

「母は俺を避けていましたが、庭の植物は大事に育てていました。俺より花が大事なのかと思いました。だから、花が好きになれなかったんです」

それから祖父母との三人暮らしが始まった。浪費癖のある祖父母は、たぶん俺が受取人になっていたであろう母の死亡保険金を使い果たしていた。

俺は高校になってからバイトをして、大学の学費を貯金していたのだが、その金もせびられた。高校一年の頃に、二人ともあっさり他界した時は、正直ほっとした。義務教育時代に保護者として同居してくれたのには感謝している。

「そんなことがあったんだね」

憂うような表情で、薊さんが俺を見た。

「でも、花言葉についてはきっと誤解だよ」

「花言葉の意味が一つではないことは、しばらくして知りました」

薊さんは頷いた。

「花は世界中で咲くものだから、各国で色々な伝承がある。だから、それに基づく花言葉が複数できるんだ。スノードロップでいえば、旧約聖書のアダムとイヴに関する伝説のほうが有名なんだよ」

　確かに、どこかで読んだ気がする。

「禁断の果実を食べて楽園から追放されたアダムとイヴが、冬の寒さの中で困っていると、天使が雪をスノードロップに変えて『もうすぐ春がくる』と慰めた。だからスノードロップには、〝希望〟〝慰め〟という花言葉が伝わっているんだ」

　薊さんは表情を和らげて、顔の前で指を組んだ。

「不吉だと言われてしまう花言葉はたくさんある。僕の名前、薊なんて、花を折ろうとするとトゲが刺さって驚くことから、〝驚きあきれる〟を意味する古語〝あざむ〟が語源になったという説がある。だから花言葉は、〝独立〟〝報復〟〝厳格〟〝触れないで〟〝人間嫌い〟って、結構散々なんだ」

　薊さんは苦笑して続ける。

「兄さんの名前の満作は、東北地方では花の咲き具合で作況の占いを、アメリカの先住民も枝を占い棒として使用していたとされていて、〝呪文〟〝魔力〟〝霊感〟なんてオカルトチックな花言葉がついているんだよ」

　薊さんが、花の知識から俺を励まそうとしているのがわかる。その柔らかい表情と声は、いつも俺のささくれた心を癒してくれていた。

「ありがとうございます、薊さん」

「こちらこそ、話してくれてありがとう。よかったら、もっと僕を頼ってね」

優しい笑顔を浮かべた薊さんが手招きをする。なんだろうと身を乗り出すと、頭をなでられた。

「待雪クンはこの三か月で、随分と表情が豊かになったよ。もう無表情じゃない。自分で気づいている？」

「そう、ですか？」

俺は頬に手を当てた。

俺は変わったのか。変われているのか。

もしそうだとしたら、水面に投げ込んだ小石で波紋が広がるように、小さな感情が連鎖して、次々と感情の引き出しが開いていっているに違いない。小石を投げ込んでくれたのは、薊さんだ。

「思ったんだけど、待雪クンの声って低くて、聞いていると落ち着くね。僕も兄さんも父さんもそんなに低くないから、遺伝なのかな。ちょっと羨ましいな」

いやいや、あなたのお兄様は、恐ろしいほど低い声も出しますよ。

「喉仏が出っ張っているからかな？　僕はあまりないんだよね」

「っ！」

頭にあった手が、俺の喉をなで上げた。驚いて身を戻す。

「あれ、くすぐったかった？　すごい顔してる。ふふ」

「やめてくださいよ、薊さん」

からかっているのか、天然なのか。思わず押さえた喉が熱くなっていた。

「薊さん、さっきの話に関連して、お願いがあるんです」

さあ、ここからが本題だ。

俺はワインで喉を湿らせた。ビールの後は、給仕が勧めるワインを飲んでいた。

「実は母は生前、俺にノートを残していました。趣味だったようで、いくつも俳句がしためてあります。その中で、目立つように囲っている句があるんです。それによると、うちの桜の下にはなにかが埋まって……」

流れていたクラシックから、ハッピーバースデートゥーユーの曲に変わった。

視界の端がキラキラして見え、目を向けると、厨房から花火とろうそくが刺さったケーキが運び出されるところだった。給仕の森さんがケーキをワゴンに載せる。そのワゴンには、青紫色の大きな花束も置かれていた。

「あの花束、見覚えがある」

すぐに思い出した。数時間前に青山さんが購入した花束だ。ラッピングも薊さんがしたもので間違いない。

そして森さんがワゴンを押し始めるのと同時に、照明が消された。ほとんど真っ暗な中、ケーキの光が移動していく。曲の音量がさらに上がった。

「期待させてしまってはいけないから先に言うけど、あのケーキ、僕が頼んだものじゃないよ」

「わかっています」

青山さんがこの店に来ているのだろう。彼女の誕生日だと言っていたはずだ。

花火が見えなくなった。フロアがLの字になっているので、俺のいる位置からは、運ばれた先は死角になるのだ。拍手がわき上がり、音楽と照明が戻った。周囲の客も拍手しているので、俺も手を叩いておいた。

「ケーキはないけど、これ、誕生日プレゼント」

薊さんに小さな包みを差し出された。ブルーの包装紙に白いリボン。

「開けてみて。喜んでくれるといいけど」

可愛らしいラッピングを丁寧に外すと、液体といくつかの白い花が入った小瓶が現れた。瓶は親指の先くらいの大きさで、ストラップがついている。

「この花、スノードロップですか？」

薊さんが頷いた。

「ハーバリウム。植物標本のことなんだけど、観賞用としても人気なんだ。待雪クンの誕生日にプレゼントしようと思って、作っておいたんだよ。……スノードロップ、まだ嫌いかな？」

ストラップをつまむと、小瓶がユラユラと揺れて愛らしい。

「いいえ」

初めは、花に囲まれる環境がつらかった。母との嫌な出来事ばかり思い出した。

しかし、繰り返し思い出すことで、この思いを乗り越えなければいけないという気持ちが強まっていった。

だから今日、薊さんに話をする決心がついたんだ。

俺は鞄から携帯を取り出して、ハーバリウムをつけた。

「ありがとうございます、薊さん」

薊さんはにっこりと微笑んだ。

その時。

女性の悲鳴のような声と椅子が倒れるようなけたたましい音がフロアに鳴り響いた。客がざわめく。

「なんだ」

音の出どころを探す。すると、青いワンピースを着た女性が走ってきた。俺と薊さんの横を通り、店から出ていった。

女性が駆け抜ける瞬間、柑橘系の香りがした。

「あの女性は……」

「知ってるの？」

「さっき、ぶつかりそうになったんです」

今、違和感を覚えたのだが……、なんだろうか。

その女性の後を、スーツを着た男性が追っていた。

「あの人は、青山さん？」

薊さんは目を凝らしている。よく見えないのだろう。

「そうです」

青紫の花束を見ていたので、俺は自信を持って返事をした。

二人は店を出ていった。ざわついていた店内が落ち着きを取り戻し、しばらくすると、静かに青山さんが店内に戻ってきた。肩を落としている。荷物を取りに来たのだろう、鞄を持って再び出口に向かおうとしていた。

薊さんは立ち上がって青山さんの傍に行くと、声をかけた。二言三言会話があった後、青山さんは薊さんに掴みかかった。

「っ！」

俺はすぐさま二人の間に割って入る。

「青山さん、なにしてるんですか」

「一之瀬さんが悪いんだっ、一之瀬さんのせいで……！」

青山さんは今にも泣きそうな顔で、その場に崩れた。

「お客様、こちらへ」

給仕の森さんが俺たち三人を促す。今までいたテーブルとは別の、カーテンで周囲を仕切ることのできるテーブルに案内された。周囲から見えない半個室だった。これだけ騒いで店から追い出さないとは、さすがの対応だ。

「お客様、いかがされましたか」

「この人に話がある。出て行ってくれ」

「畏まりました」

森さんは一礼して、カーテンの外に出ていった。

「ああ、もうおしまいだ」

青山さんは顔をゆがませて、両手で頭を抱えた。

「薊さんが……、店長が悪いというのは、どういうことですか？」

俺が尋ねると、頭を抱えたまま、青山さんは何度か荒い呼吸を繰り返した。落ち着こうとしているようだ。

「花が、悪くなっていたんです」

「悪く？」

薊さんが眉を寄せる。

「カビたみたいに、花がまだらになっていたんですよ。それで彼女は怒って、店を出て行ってしまったんです。大事な日にこんなものをよこすなんて嫌がらせ以外のなにものでもない、一生顔を見たくないと言われました。追いかけて誤解だと言ったんですが、顔を叩かれ、大嫌いだと……」

青山さんの声が震えている。よほどショックだったのだろう。

「失礼いたします。こちらをどうぞ」

森さんが三人分の水をテーブルに置いて、青山さんの隣で片膝をついた。そして青山さんの耳元に口を寄せる。

「青山、大丈夫か？」

青山さんは首を横に振る。

「あの花束、どうする？」

「捨ててくれ」

二人は小声で会話していた。どうやら知り合いらしい。

「その花束、見せていただけませんか？」

薊さんも聞こえていたようだ。森さんは青山さんに問うように視線を向けた。青山さんが頷くと、森さんは花束を持って戻ってきて、テーブルに置いて出ていった。

「これは……」

紺や青紫で統一されていた花は、ところどころ桃色に変色し、まるで水玉模様のようになってしまっている。たしかに、虫食いかカビのように見えなくもない。

「可哀想に」

薊さんは花束を持ち上げて、抱きしめるように抱えた。そして花束に顔を近づけると、眉を寄せる。

「花って、こんな風に数時間で変色するものなんですか？」

青山さんが、溢れてくる怒りと悲しみを抑えるかのように、声を震わせて薊さんに尋ねた。

「いいえ、ありえません」

「事実、そうなっているじゃないか！」

「待ってください、青山さん」

止めたのは俺だ。

「店長を庇うつもりで言うわけじゃありませんが、俺は消灯前、厨房からワゴンでケーキと花束が運ばれるところを見ています。その時は、花束は綺麗なままでした」

青山さんの動きが止まる。

「それは、本当か？」

「本当です。あのワゴンを運んだのは森さんでしょう。森さんに確認してもらえばわかります」

すぐに青山さんは森さんを呼んだ。

「ええ、私がワゴンに花束を載せた時には、まだらになっていませんでした」

森さんも覚えていたようだ。

「それじゃ、どうして？　花火の火花が花を焼いたのか」

「火花が届くほど近くに花を置いていません」

「仮に届いたとしても、火花ではこうなりませんよ」

森さんの言葉を、薊さんが補足する。

青山さんは戸惑うような表情で俺たちを見回した。

「それじゃ、森がワゴンで運んでいる間に、花が変色したということか。どうして？　どうやって？」

青山さんの問いには、誰も答えない。

きっと誰もが考えているであろうことを、俺は口にした。

「ワゴンで運んでいる間、照明は落とされていました。隣の席すら見えないほどの暗さです。その間に、誰かが花束をすり替えたのではないでしょうか」

「誰かって……」

青山さんは、森さんを見上げた。

「森、お前か」

青山さんは立ち上がった。

「違う。青山、落ち着け」

「お前以外誰がすり替えられるんだよ！　花の種類も包装紙もリボンも同じなんだぞ。たまたま居合わせた客じゃ、同じ花束を用意することなんてできないだろう。事前に花を預かっていた、お前以外には無理だ」

青山さんは森さんに掴みかかった。

「だいたいお前、僕がアヤちゃんと付き合うことに反対してたじゃないか。お前が邪魔したんだろう！」

「そんなことをするわけがないじゃないか。やめろ青山っ」

「青山さん、落ち着いて下さい。森さんは仕事に戻ってください」

俺は二人を引き離した。森さんにはまだこの場にいてもらいたかったが、今は青山さんを落ち着かせることが先決だ。

森さんは一礼して退室した。

「犯人は森です。お願いします、どうやって花をすり替えたのか、証拠を掴んでもらえませんか？　そうすれば誤解も解けて、アヤちゃんとやり直せるはずです」

「……」

薊さんは尖り気味の顎を指の背でさすり、考える仕草を見せた。深く眉根を寄せている。

「森さんは親しい友人ではないのですか？　追求すれば、関係が壊れてしまうかもしれませんよ」

青山さんは、目を伏せて唇を噛みしめた。

「……こんなひどい仕打ちが出来る奴は、もう友達じゃありません。花に詳しい一之瀬さんなら、突き止められるんじゃないですか？　助けてください、お願いします」

「青山さんご自身も、傷つくかもしれません」

「構いません」

青山さんは、彼女との関係を繋ぎとめようと必死のようだ。

「……そうですか。では、出来るかぎりご協力します。この花束がワゴンで運ばれてきた時のことを、詳しく教えていただけますか？」

青山さんは頷いて、一口水を飲んでから、思い出そうとするようにカーテンレールを見上げた。

「ハッピーバースデートゥーユーが聞こえてきて、店内が暗くなりました。それから、花火が近づいてくるのが見えました。このあとにプロポーズしようとしていたので、いよいよかと緊張しました」

ろうそくと花火の明かりで、ケーキを運んでくる給仕は森さんだとわかった。

「暗いので森の手元までは見えません。僕は、この暗闇に紛れて指輪を鞄から取り出していたんです。ケーキや花束のサプライズの後に、本命のサプライズの演出です。自分のことで精一杯でした」

そしてワゴンがテーブルの横に止まった。

「その時、ワゴンに載っていたものを覚えていますか？」

薊さんが聞いた。

「ケーキと取り皿、フォーク。ケーキを切るナイフ、ナプキン、そして花束だと思います」

「その下にも棚があるタイプのワゴンですか？　つまり、下の段になにかありましたか？」

「……そこまで覚えていません」

「その時の、みなさんの位置関係を教えてください」

青山さんは眉を寄せた。指輪を渡すことで頭がいっぱいで、あまり覚えていないのかもしれない。

「僕と彼女は、向かい合って座っていました。僕の方が厨房に近いので、ワゴンは僕の背後から来る感じですね。そして僕と彼女の間に、ワゴンは横づけされました。ワゴンを押していた森は、僕の近くに立っていたはずです。それから森はワゴンの中央に移動して、ケーキを持ち上げて、彼女の前に置きました。彼女がろうそくを吹き消して、みなさんが拍手をしてくれて、電気がつきました。……うん、合ってるはずだ」

青山さんは言葉を確かめるように、ゆっくりと話している。

「照明が明るくなってから、花束を渡したんですね？」

「そうです。花束はワゴンの、僕側に置いてありましたね。ああ、でも花の色まで覚えていないな。包装紙で見えなかったのかもしれない」

青山さんは頭を振った。

「花束を彼女に渡したのは森です。彼女は喜んでくれました。まだ花をちゃんと見ていなかったのかもしれないですね。森はカットをするためにケーキを一旦ワゴンに戻し、取り皿に分けてから配膳しました。森がワゴンを押して立ち去った後です、彼女が悲鳴を上げたのは」

青山さんは顔をゆがめ、テーブルに突っ伏した。

「『バカにして、ありえない、最低！』そう言って彼女は花を僕に投げつけて、走りだしました。僕は追いかけました。……あとは、ご存じの通りです」

「ありがとうございます。森さんには日を改めて話を聞くことにします。今日は帰りましょう。ゆっくり体を休めてください」

今の話を聞いていても、花をすり替える時間は、森さんにしかなさそうだ。

そんなことを思いながら、テーブルに置かれていた花束を引き寄せた。見事にまだらだ。見る人によっては、気持ち悪いと思うだろう。

「ん？」

花束からは、ハーブのようなさっぱりとした香りがする。もっと甘い香りがしてしかるべきなのだが。

不思議に思って花束に鼻を近づけると、俺の予想していたフローラルな香りに混じって、レモンの匂いがした。

「いつ花がまだらになったのか、わかりそうですか？」

不安そうに尋ねる青山さんを安心させるように、薊さんは微笑んだ。

「大丈夫ですよ。ところで彼女さんは、青山さんの会社の後輩でしたっけ？」

「はい、彼女は入社二年目です。僕が教育係になって仕事を教えているうちに、付き合うようになりました。とても可愛らしくて、おおらかで、愛嬌があるんです。パソコンを使う時だけ眼鏡をしているんですけど、それがまた似合っているんですよ。結婚相手は彼女しかいないと思っています。宜しくお願いします」

こうして俺たちは青山さんと別れて店を出た。

「待雪クンの誕生日だったのに、おかしなことになってしまったね」

「いえ、美味しかったです。ごちそうさまでした。今日はありがとうございました」

俺は頭を下げた。

「それで、俺が森さんに話を聞きに行けばいいんですね？」

「ありがとう。助かるよ」

薊さんは苦笑した。

「森さんに、なにを聞けばいいですか？」

「ワゴンに置かれたものの位置関係が、青山さんの話と矛盾がないか。あとは、青山さんが彼女さんと付き合うことに反対していた理由だね」

俺は忘れないように、スマートフォンにメモした。

「その彼女、アヤさんでしたっけ、話を聞かなくていいんですか？」

「そうだね。森さんの話を聞いてから考えようか」

「あっ」

彼女が俺たちのテーブルの横を通った時の違和感の理由が、今わかった。

「彼女が俺たちの横を駆け抜けた時、柑橘系の香りがしませんでした？」

「そうだった？　気づかなかったよ」

「間違いありません。でも、トイレの前でぶつかりそうになった時、彼女からはバニラの匂いがしたんです」

「えっ」

薊さんは瞠目して俺を見た。その声が意外に大きかったので、俺の方が驚いてしまう。

「そうなんだ……」

なんだかガッカリしているように見える。

「どうしたんですか？」

「なんでもない」

教えてくれない。しかし、もう薊さんには、だいたいのカラクリが判明しているのだろう。


薊さんと別れて家に帰った。十時半になっていた。

いつものように植木鉢の下に隠している鍵を取り出し、ドアを開けた。

その途端に、パパパパンッ！　と破裂音がして、紙テープが頭にかかった。火薬の匂いに包まれる。

「マッツー、お誕生日おめでとう！」

玄関の明かりが点いた。赤い鼻とゲジゲジ眉毛がついたパーティー用の鼻眼鏡をつけたマリアが立っていた。四つのクラッカーを手にしている。

「ふっふっふ、驚いた？」

「今日は外食して帰るって伝えたじゃねえか」

毎年マリアは、チキンやケーキ、ちらしずしなど、特別感のある料理を作って祝ってくれていた。だから今年は作らなくていいと連絡しておいた。わざわざ知らせるのは、逆に誕生日の祝いを期待しているようで躊躇したが、料理を作って待たせてしまうよりは、ずっといいと思ったのだ。

「知ってるよ。チンしても美味しいものを冷蔵庫に入れておいたから、明日食べて。ねえ、ねえ、この眼鏡どう？　似合う？」

マリアはおどけたポーズをして、俺を笑わせようとする。

「……マリア」

俺は額に手を当てた。

今まで言えずにいたことを、今こそ伝える覚悟をする。

「ええっ、これも面白くないの？　マッツーったら、笑いの沸点高すぎ！」

嘆きながら、マリアは眼鏡をはずした。

「マリア、もういい」

「なにが？　とにかく上がってよ、玄関で立ち話するのもなんでしょ。シャンパン買って来たんだ。一緒に飲もう」

マリアが俺を引っ張る。長押に三百六十度ズラリと花の写真が並んでいる居間に入ると、暖房がきいていた。

マリアはここで、何時間も俺を待っていたのだろう。

座卓には、シャンパンとグラス。それにサラミやチーズ、オリーブなどのつまみが、ラップに包まれて置かれていた。

「やめようマリア」

俺はマリアの細い肩を掴んで振り向かせた。マリアは不安気に瞳を揺らして俺を見上げる。

「もう充分だ。お前が罪悪感を持つ必要はない」

スノードロップの花言葉が「あなたの死を望む」だと同級生に教わり、俺は表情を失った。

その花言葉を俺に教えた同級生というのは、マリアだったのだ。

マリアは責任を感じて、俺の世話を焼き始めた。

俺を笑わそうと奮闘していた。

クラスで人気者のマリアが、孤立している俺に気遣ってくれるのは、悪い気がしなかった。

祖父母が亡くなってからは学校だけでなく、家事のサポートまでしてくれるようになった。

ここまでしてもらういわれはないのだ。

そんなことはわかっていた。

しかし、放っておけば一日誰とも会話をすることがないような俺に構ってくれるのは、正直嬉しかった。帰宅を迎えてくれる人がいるのは心地が良かった。誰もいない暗く寒い家は淋しいものだ。

だから俺は、マリアの優しさに、罪悪感に、いつまでもつけ込んでいた。

「もう植木鉢の下に鍵は置かない。この家にも来なくていい」

植木鉢の下に鍵を置くのは、祖父母と鍵を共有していた頃の名残だ。一人暮らしになった時点で、鍵を鉢の下に置く必要性なんてなかった。

マリアに口では家に入るなと言いながら、来ることを期待していたんだ。

「いままでありがとう、マリア」

「……どうして、そんなこと言うの」

マリアは大きな瞳を潤ませた。

「初めは、私のせいで無表情になっちゃったマッツーを治そうと必死だった。償いたいって思ってた。でも、もうそんな理由じゃないよ。マッツーだってわかってるでしょ」

マリアが抱きついてきた。

「マッツーといたいから来てるの。もう私はいらないの？　用なしなの？」

「なんでそうなるんだよ。気が置けない奴は、お前くらいしかいないのに」

「私だけ？　私が一番？」

「……そういう意味では、そうだな」

他に友人がいないと言っているようなものなのだが。

マリアは俺の胸に顔をうずめたまま、背中に回した手に力を込めた。俺の位置からでは、マリアの顔が見えない。

「彼女、できてない？」

「いるわけねえだろ」

「じゃあ、今日一緒に食事に行ったのは店長さん？」

「そうだ」

「そっかあ。店長さんか」

安堵と不満が入り混じったような声だった。

「最近マッツーが口を開くと、薊さん薊さんって。いくらマッツーに友達がいなくて毎日のように会ってるのが店長さんだけだとしても、嫉妬するよ」

なんだか、ディスられているような気もする。

「しかも、マッツーが能面じゃなくなってきたの、バイト始めてからなんだもん。私が治したかったのに。毎日お面を作って頑張ったのに」

「お前のおかげだ」

　マリアが支えてくれなければ、俺はおかしな方向に進んでいたかもしれない。マリアがいたから、つらい時期を乗り越えて、過去に向き合う決心がついた。だから薊さんに出会えたし、今の俺がある。

「感謝してる」

「マッツー……」

　マリアが俺の服を掴んだ。そのまま動かなくなる。冷たい冬の外気で冷えていた身体が、マリアの柔らかい肌を通して温められる。シャワーを浴びてから来たのだろうか、石鹸の香りがして、マリアの息を胸元に感じた。

「マリア、いい加減、離れろよ」

「……やだ」

　なんでだよ。

「私、泣いちゃったから化粧取れてる。パンダになってる」

「いいだろ別に。俺しか見ねえんだから」

「だからイヤなんでしょっ」

　マリアはますますしがみついてきた。そんなに身体を押し付けられると、色々と困る。

　俺は背中に回された腕を無理矢理はがし、マリアの顔を覗き込んだ。

「マジでパンダ」

「バカ！　だからイヤだって言ったのに！」

マリアは半泣きになった。

「冗談だよ、化粧は取れてない。いつもどおり可愛いって」

「えっ、今なんて言った？」

マリアは瞳を大きく開いて、動きを止めた。

「化粧は取れてない」

「そこじゃないでしょ！」

まだ濡れた瞳で、マリアが求めるように俺を見る。

しまった、口を滑らせてしまった。

マリアとはジェンダー的な話をしたくなかった。せっかくの居心地のいい距離感を崩したくはない。

「可愛いって言ったんだよ」

俺はしぶしぶと答えた。

「マッツー、私のこと、可愛いって思ってたの？」

マリアは顔を赤らめて、俺の服をツンツンと引っ張る。

「自分の顔くらい鏡見てりゃわかるだろ」

「鏡なんて関係ない。誰にどう見られてるのかもどうでもいい。大事なのは、マッツーが私をどう思っているかだけだよ」

「もういい時間だから、帰れよ」

照れくさい。俺は乱暴な口調でごまかした。

「まだシャンパン飲んでないじゃん！　飲み終わるまで帰らないからね」

待たせて泣かせて追い帰すのは、確かに申し訳がない。

俺は初めて抜くシャンパンのコルクに緊張しながら、なんとか無事に開けて、マリアと乾杯をした。

シャンパンを一口飲むと、舌の上で蒸発するように気泡が弾け、甘い香りと味が広がった。一気に顔が熱くなる。結構アルコール度が高い。

「マッツー、お酒飲んできたんでしょ？」

「ああ」

「店長さんに持って行かれちゃったな。マッツーの初体験、私が欲しかったのに」

変な表現をするな。

「もう十一時過ぎたぞ。おばさん心配してないか？」

時間帯だけの話ではない。俺は近所付き合いがないから構わないのだが、世間体というものがあるだろう。

「ママは私の味方だから。あの朴念仁を押し倒せ！　ってエールをくれるよ」

俺はシャンパンを吹き出しかけた。親子でなんという会話をしているんだ。

しかしマリアはアルコールで顔を赤くしていて、どこまで信憑性があるのか判断しかねる。

「マッツーって意気地なしだよね。こんな深夜に若い男女が二人きりでお酒を飲んでるっていうのにさ。お酒の勢いを借りて、やれることがいくらでもあるでしょうに」

マリアは俺に背を向けて、畳にのの字を書きながら、ブツブツとすごいことを言っている。

独り言は人に聞こえないように言うものだぞ。

「お前、酔ってるな」

「酔ってません。私はマッツーより五か月も年上なんだからね」

それがどうした。酔いとは関係ない。

「マジで、もう帰れって」

「飲み終わるまで帰らないったら」

シャンパン一気飲みしてやろうかな。

「今日行ったレストランで、常連客と一悶着あったんだ」

飲み終わるのにもう少し時間がかかりそうだったので、酒の肴に、今日の出来事をマリアに話すことにした。

「マッツーって植物にまつわる厄介ごとに、すぐ巻き込まれるんだね」

花屋だからかな。

「花束のすり替えかあ。でも、変だよね。その給仕さんがまだらの花束に差し替えるなら、厨房にいる間に替えていた方が簡単でしょ？　どうして運んでいる最中に交換しなきゃいけなかったの？」

そりゃあ、そうだな。

「厨房だと同僚に見られてしまうから、消灯した暗い間に、誰にも見られずに交換した。ってところかな」

「花束の大きさって、どれくらいなの？」

「プロポーズ用の花束だから、かなり豪華な花束だった。両肘を握って輪を作ったくらいの大きさはある」

「大きいね。ポケットに入れたり服で隠したりするのは無理でしょ。ってことは、ワゴンの下の段にまだらの花束を置いていて、暗くなったら、上段に置いていた綺麗な花束と入れ替えた、ってことになるよね。不自然な動きにならないかな？　暗いから大丈夫なのかな？」

マリアはいつものように、いい指摘をしてくる。頭はしっかり働いているようだ。呂律は多少あやしくなっているけども。

「そもそも、どうやって花をまだらにしたんだっけ？」

薊さんいわく、一日やそこらで、花が勝手に変色してまだらになることはないという。

ということは、細工をしなければいけないはずだ。

「そんなことをして、給仕さんはなんのメリットがあるの？」

「青山さんと彼女の交際に反対だったようだから、別れさせるのが目的だったのかもしれない」

「じゃあ、たとえば花束の一部を火で焼いたり、ハサミでボロボロに切るとかした方が簡単だし、もっと酷い感が出ない？」

もっともだ。

「そこまですると、青山さん以外の何者かが手を加えたって、バレバレだからじゃないか」

「私なら、マッツーに渡された花束がまだらでもボロボロでも怒らないよ。大事なのはそこじゃないじゃん。誕生日にプロポーズされるってことが重要じゃん。嬉しい以外ないけどなあ。その彼女、よっぽど神経質なのかな」

マリアは目を閉じてにやけている。なにやら妄想しているようだ。

このマリアの意見も、的を得ている気がする。彼女は神経質だったのか。青山さんは彼女の性格を、〝おおらか〟だと言っていなかったか。

「彼女の匂いについて、気になることはあるか？」

薊さんが反応していたので、なにか関係していると思う。

「化粧室で香水をつけ直す人は結構いるから、甘い匂いがしたというのは普通かも。レストランじゃ普通、香水は控えるものだけどね。走り去る時に柑橘系の匂いがしたっていうのは、単純に料理の匂いだったんじゃない？　二種類の香水を持ち歩く人はそういないと思うよ」

料理の匂いが服についていた？　グレープフルーツジュースでも服にこぼしたと言うのか。

マリアと話したことで、少し頭が整理された。森さんに質問する時の参考にしよう。

「マリア、あと一口だろ、早く飲め」

シャンパンのボトルは空になっていた。

「足りない。もっと飲みたい」

「うちに酒はない」

「やだやだ、帰りたくないよう」

顔を真っ赤にしたマリアは手足をばたつかせた。酒乱か。

俺がほとんど飲んだというのに、マリアは酒が弱いようだ。あまり飲まなかったということは、酒に弱い自覚があったんじゃないだろうか。それでも二十歳の俺の誕生日にシャンパンで祝ってくれたのだから、ありがたいことだ。

「歩けない。抱っこして」

「お前、酔えばなんでもアリだと思うなよ」

さすがに抱っこはしないが、マリアを家まで送ることにする。こんな時間までつきあわせた詫びは、マリアの両親にもしておかなければなるまい。

マリアに肩を貸しながら外に出る。アルコールで火照っていても、やはり外は寒かった。

「マッツー、また来ていいんでしょ？」

酔いのせいもあるだろう、マリアの瞳がまた潤み、不安そうに揺れていた。

「俺がいる明るい時間にな。飯はもう作らなくていい」

「会う時間が減っちゃうじゃん！　ちゃんとマリアちゃんを繋ぎ留めなくていいんですか？　こんないい物件、そうそうありませんよ」

マリアが俺の腰に手を回して、背伸びをして顔を近づけてくる。その可愛らしい顔にクラリとくるのは、酒のせいだけではないだろう。

「自分を物みたいに言うな」

マリアの小さな頭を軽く押して、元の位置に戻した。

「お前がいい女だってことは、俺が一番わかってる」

「マッツー」

マリアは照れたような拗ねたような、複雑な表情になった。

「早く捕まえないと、どっか行っちゃうんだからね。後悔するよっ」

「はいはい。近所迷惑だから声を落とせ」

せっかく呪縛を解いて自由にしてやったのに、自分から檻に入るようなことを言うな。

マリアは罪悪感や同情から生まれた気持ちが、好意的な気持ちだと勘違いしているんじゃないだろうか。

だから、マリアの言葉を額面通りに受け取ることはできない。

「今はまだ、な」

マリアは俺に尽くしてくれた時間が長すぎた。そのせいで、他に目を向けるチャンスを奪ってしまったのかもしれない。

しばらくマリアに猶予を与えたい。

俺が動くのは、それからだ。

隣家を訪ね、穏やかにマリアの母親に娘を引き渡せた。深夜の詫びと普段の感謝を伝えると、これからも娘をよろしくと頼まれる。よろしくしてもらっているのは百パーセントこちらなのだが。

そして、声こそかけられなかったが、奥の廊下を不機嫌そうな表情で父親が通過した時には緊張した。そちらにも深く頭を下げる。

こうして、二十歳の初日は慌ただしく終わったのだった。


翌日。イタリアンレストランに連絡して、森さんにアポイントを入れた。「オープン前の時間に店に来るなら」と許諾をもらえたので、夕方近くにまた兵庫横丁のレストランに来ていた。

昨日よりも店内は明るい照明が使われていた。一角のテーブルに通されると、間もなく森さんがやってきた。温かいお茶を出してくれる。既に黒い制服を身に着けていて、ホテルマンのように洗練された動きを見せた。

「昨日はお騒がせをして、申し訳ございませんでした」

森さんが頭を下げる。

「青山が私を疑っているんですね」

森さんは苦笑した。

「青山さんとの関係を聞いていいですか？」

「大学で、同じ鉄道サークルに入ったのが縁です。旅行好きが集まって、電車に乗ったり郷土料理を食べたりするような緩いサークルだったんですけど、その中でも私と青山はマニアックだったものですから、意気投合しまして」

二人は趣味仲間だったんだ。マニアックという表現をしていたが、マイノリティーな趣味ほど、絆は固くなりそうだ。

「彼女との交際に反対していたそうですね」

森さんは整えられている眉を寄せた。爪も磨かれ、短めの髪も軽くワックスで固められていて、清潔感があった。丁寧に仕事に向き合っていることは、今日の恰好だけでなく、昨日の仕事ぶりからも窺えた。

「プロポーズが失敗した責任が私にあるとされるのは不本意なので、正直に話しますが、青山には言わないでください」

森さんは眼鏡の奥の瞳を伏せた。

「青山が付き合っている長野《ながの》アヤは、恋愛に奔放といいますか。何人もの男性と同時につき合うような女性です」

「なぜ、それを知っているんですか？」

「私と青山の共通の友人が、青山が三股をかけられていると、心配して私に連絡してくれたからです」

「三人同時」

俺の呟きに、森さんは頷いた。

「もっといるのかもしれませんけどね。その友人に長野アヤについて調べてもらうと、男性を手玉にとって遊んでいるというわけではありませんでした。結婚願望が強いようで、彼女は合コンや婚活パーティーに頻繁に出席していました。だから同時に男性とつき合って、結婚相手を吟味していたのでしょう。そこまでなら、よくある話なのかもしれませんし、私も口を出しません」

森さんは小さく首を振った。

「彼女の悪いところは、本命ではないと見切りをつけると、男性に散々貢がせて捨てることです。悪質なので、一部の婚活イベントでは出禁になっているほどだそうです。だから友人が私に相談してきたのですね。青山は、既にいい鴨になっていました」

「なぜわかるんですか？」

「青山本人が、これこれをプレゼントしたと自慢げに語っていましたから。それに彼女とつき合ってからは、私と出かけることはなくなりました。全て彼女に貢いでいるからでしょう。だから、そこまで金をかけることはないと忠告をしたのですが、恋は盲目です。あまりの弄ばれぶりを見ていられなかったので、別れた方がいいのではないかと言ったら、怒らせてしまいました」

森さんは軽く肩をすくめた。

「その後、音信不通になっていたのですが、最近になってプロポーズをしたいから協力してほしいと連絡がありました。大逆転で結婚の切符を手に入れたのかと、全力で協力した結果が、昨日の有様です。職場にも迷惑をかけてしまうし、散々ですよ」

聞いていると、森さんが花束になにかしたとは思えなくなってきた。

「昨日、ワゴンで花束やケーキを運んだ時のことを聞かせてください」

「あまり、特別な話もありませんけどね……。シェフに特注したケーキと預かっていた花束をワゴンに置きました。この時、花束が萎れていないか、取り違えたりしていないか、念のためチェックしましたので、花は全て青紫だったと確実に言えます。それからケーキの花火やろうそくに火をつけて運びました」

ケーキや花束などの配置は、青山さんの話と一致した。

「ワゴンの二段目は、布かなにかかかっていましたか？　下の段は仕切られたりして見えない状態だったかどうかです」

「二段目？　ああ、あの時に使ったステンレスワゴンは、一段しかないタイプです」

「え？　下の段がない？　足元には置く所がないということですか？」

「はい」

それでは、入れ替えるための花束を置けないではないか。

「それは証明できますか？」

「証明は……難しいですね。うちのワゴンは一段から四段まで、いくつかタイプがあるので」

二段目がないとなると、根本的な考えから変えなくてはいけない。もし森さんが花束を交換した本人なら、全て本当のことを話しているとは限らないが……。

「花束が変色していたことについて、心当たりはありませんか？」

「いえ、さっぱり」

森さんは首を横に振った。

「花を処分する際に、もう一度、花束を眺めてみたんです。青紫の花が、水玉模様のようにところどころ桃色になっていましたね。私には、なにかが振りかけられたように見えました。でも、それだとおかしいのです。たとえば、除草剤のような液体をかけたとします。だったら、茎や葉の部分だって変色するはずですよね。でも、変色していたのは花弁の部分だけです。そもそも、除草剤をかけても、すぐに枯れたり変色したりはしないと思います」

言われてみると、葉は変色していなかった気がする。

「確かに、変ですね」

しばらく考えてみたが、変色した理由は思いつかなかった。

そうだ、もう一つ聞きたいことがあった。

「青山さんのテーブルでは、柑橘系のメニューが出ましたか？」

「柑橘系？」

森さんは首をひねった。

「コースメニューだったのですが、そのようなものは特に……。飲み物も、ずっとワインでした」

「そうですか……」

あの匂いの理由も、まだわからないな。

森さんに礼を言ってイタリアンレストランを出た。

「あまり収穫はなかったな」

俺は花屋に戻って、薊さんに森さんとの話を報告した。

「森さんが嘘を言っているようには見えませんでした」

もし、花を変色させたのが森さんではないとしたら。

花を触ったのは、もう一人しかいなかった。

「長野アヤさんが、花になにかしたのでしょうか」

それこそ、どうやるんだ。受け取ってから間もなく悲鳴を上げているのに。しかも自分へのプレゼントだ。そんな茶番をする必要はないだろう。

「長野アヤさんにも、話を聞いた方がよさそうだね」

「場所さえわかれば、俺が行ってきますよ」

だんだん御用聞きのようになってきた。

「青山さんに連絡して聞いておくね」

そして、先方の指定で、次の日曜日に長野さんに会うことが決まった。日曜日は花屋の定休日なので、薊さんは一人で行くつもりだったようだ。バイトの時間外になってしまうからだ。遠慮がちに俺に来るかと尋ねるので、俺は絶対に行くと答えた。むしろ今更、蚊帳の外にされても困る。

日曜日。

薊さんが店の車に乗って、俺の家まで迎えに来てくれた。一緒に花の配達に出る時は俺がドライバーになるので、薊さんが運転する姿を初めて見た。

「薊さん、眼鏡かけるんですね」

端整な顔には眼鏡も似合う。流れる街並みを背景に、柔らかそうなサラサラの黒髪が日に当たって紅茶色に輝いていて、なにかのプロモーションビデオを見ているようだ。

「運転や読書、パソコンを使う時はね。視力はそこまで悪くないんだけど、乱視気味だから。運転の時は必ずかけてるよ」

薊さんは苦笑した。

向かう先は、チェーン展開をしている大手の不動産仲介会社のテナントだった。コインパーキングに車を止めて降りると、薊さんは眼鏡を外していた。鼻の両脇にノーズパッドの跡が残っている。

「待雪クンは視力いいの？」

「はい。二・〇までしか測っていませんが、もっといけそうだと医者に言われたことがあります」

「いいなあ」

そう言いながら、薊さんは鼻柱を指でつまんで揉んでいた。

雑居ビル二階にある店に入ると、不動産情報の張り紙が壁一面に貼られていた。窓は大きく、白基調の店内は明るい。

十人近くの従業員がパソコン業務か接客をしていた。

「一之瀬さん、どうぞこちらへ」

スーツ姿の青山さんが立ち上がると、俺たちはフロアの奥に通された。六人がけのテーブルと椅子のある会議室だ。

「御足労いただき、ありがとうございます。あれからアヤちゃんは口をきいてくれないんです。誤解を解いて下さい。僕はアヤちゃんを傷つけるつもりはなかった。アヤちゃんの誕生日をお祝いして、プロポーズしようとしただけなんだって」

「わかりました」

「口をきいてもらえない状態なので、あのレストランでのことを聞きたいとは言えなかったんです。だから今日は、取引先の関係で紹介したい人が来る、と言って彼女のスケジュールを押さえています」

「青山さんも同席されるご予定ですか？」

「ええ、もちろん」

青山さんは頷いた。

「初めは、僕たちだけで長野アヤさんとお話ししてもいいですか？　恋人の前では、話しづらいこともあるかもしれません」

薊さんはにっこりと微笑んだ。

「僕は席を外せということですね」

青山さんはしばらく悩んでいたが、「お任せします」と承諾した。それから長野さんを連れてくると、青山さんは退室した。

制服を着て髪を一つに結んでいる長野さんは、一言で表現するなら〝地味〟だった。とても何人もの男を手玉に取っている女性には見えない。

百五十センチ半ばで太くも細くもない。小ぶりな顔のパーツが離れ気味に配置されていて、親しみやすそうではある。レストランですれ違った時と印象が違う気がした。もしかすると、化粧次第で化けるのかもしれない。鼻の両脇が赤っぽくなっているのは、さっきの薊さんと同じ現象か。

　制服姿ではあるが、右手の薬指につけている指輪や腕時計は高そうだ。黒いヒールは俺でも知っている高級ブランドのものだった。

「長野です」

　長野さんは俺と薊さんに名刺を渡した。その声は不自然に高い。薊さんに媚びた表情を向け、そして驚いたことに、強面の俺にもその表情を崩さなかった。こんなところに、複数の男性たちを渡り歩いてきた百戦錬磨の片鱗を感じた。

「実は長野さんの誕生日に、レストランで起こったことについてお聞きしたいのです」

　薊さんが事情を説明すると、長野さんは眉を吊り上げた。

「青山さんの態度がおかしいから、こんなことだろうと思っていました。職権濫用ですね、仕事とプライベートは分けるべきです」

　声がガラリと変わった。地声は低いようだ。表情も張り付けていた面が剥がれたかのように一変し、媚びが消えた。

「失礼します」

　長野さんは俺たちに背を向けて部屋を出ようとする。

「青山さんは恋人ですよね。このままでは別れることになってしまいますよ」

「もう別れました。あちらが受け入れないだけです。しつこいようなら、警察に訴えると伝えてください」

「長野さん、この職場が好きですか？」

「……はい？」

出て行こうとしていた長野さんの足が止まった。

「青山さんに聞いています。こちらはホワイト企業だそうですね。人員は多めに確保しているので、無理な残業がなく休暇はしっかりと取れる。給与や福利厚生、交通アクセスも考えると、同じ条件の仕事を探すのは大変でしょう」

「なにが言いたいの？」

「お話をしませんか？　座ってください」

薊さんは笑みを浮かべたまま椅子に促した。俺は無表情だからなにを考えているのかわからないと散々言われてきたが、薊さんも笑顔の裏でなにを考えているのかわからない。

顔色が変わった長野さんは、音を立てて椅子を引くと、乱暴に腰を下ろした。

「手短にお願いします。忙しいので」

口調がさらにきつくなった。「可愛らしくて、おおらかで、愛嬌がある」と青山さんは言っていたが、完全に長野さんの演技に騙されているようだ。

長野さんの向かいの席に、俺たちも座る。

「長野さん、いい香水をつけていますね。有名ブランドですか？」

「ええ」

長野さんが学生時代に海外で買ってから使い続けている香水だと得意げに話した。自分＝この匂い、という印象になるように、一種類しか使っていないそうだ。急に饒舌になった。かなりのブランド好きだと思われる。

「では誕生日にも、その香水しかつけていないのですね」

「ええ、まあ」

また口が重くなった。やはり、あの日のことは話題にしたくないのだろう。

「花束を受け取った時のことを教えてください」

「青山さんから聞いていないの？」

「あなたから聞きたいのです」

薊さんは譲らない。長野さんはため息をついて腕を組んだ。

「暗い中でケーキのろうそくを吹き消すと、店の照明がついた。店の人に花束を渡されると、それがカビが生えているみたいで汚かったから、青山さんにそれを投げつけて帰ったのよ」

「青山さんや給仕の方と、少し話が違いますね」

「どこが？」

照明が明るくなってから、森さんが花束を渡した。そこまではいい。

「給仕から花束を受け取ったあなたは、喜んでいたと二人は話しています。あなたが悲鳴を上げたのは、ケーキが取り分けられ、給仕がカートを押して去った後です」

「そんな些細なこと、どうだっていいでしょ。受け取った時は、ちゃんと花を見なかったのよ。よく見たら花が汚かった、だから驚いたの。どこかおかしい？」

「受け取った花束を、よく見なかったのですか？」

「ケーキが気になっていたの」

あんなに大きな花束を受け取って、花が見えないなんてことがあるだろうか。しかし、花より団子と言われてしまえば、ありうる気もする。

「花は受け取った時から、まだらだった？」

「そうなんでしょ。もういい？」

「僕は、なぜ花がまだらになったのかわかりました。気になりませんか？」

「薊さん、わかったんですか？」

俺は思わず声を出してしまった。薊さんはにっこりと笑う。

「私は気にならない。あとはそっちでやって。私は関係ないから」

「もう少し付き合ってください」

薊さんの口調は柔らかかったが、有無を言わさぬ力があった。

「あの花束、ストック、ヤグルマギク、カトレア、キキョウなどには、共通点があります」

「花が青紫色なことですね」

長野さんが不機嫌そうな顔で口をつぐんでしまったので、俺が答えた。

「そうだね」

薊さんが俺に目を向けて微笑む。

「青紫色なのは、アントシアニンという色素によるものなんだ。アントシアニンは五百以上の種類があるから、青紫色以外にも、赤色、オレンジ色などの色があるんだけどね。化学的にはポリフェノール類に分類されていて、黒豆、イチゴ、ブルーベリーなど、多くの野菜や果物にも含まれている」

「アントシアニン」

どこかで聞いたことがあるような。

「アジサイの花は土壌の酸度によって色が変化すると言われているんだ。酸性なら青、アルカリ性なら赤。それも、アントシアニンの結合によるものだね」

だからアジサイの花は、赤も青もあるんだ。小学生の頃、アサガオの汁で似たような実験をした。だからアントシアニンという言葉に聞き覚えがあったんだ。

「アントシアニンを使った、子供に人気の料理もあるんだよ。なんだと思う？」

まったく想像がつかない。

「それは、焼きそば」

「焼きそば？」

「焼きそばの麺には、コシを出すために、かん水というアルカリ性の水が使われているんだ。だから、アントシアニンが含まれた紫キャベツと炒めると、麺が緑色に変色する。さらに、レモンや酢をかけると酸性になるから、ピンク色に変色するんだ。元の黄色い麺と合わせると三色で彩りも綺麗だし、作りながら色が変化するから、親子で料理を楽しめるでしょ」

「なるほど。理科の実験と家庭科の実習を同時にやっているようで、男の子にも女の子にも人気が出そうですね」

ん？　待てよ。

薊さんが、気になることを言っていた。

「レモンや酢を入れると、ピンク色になるんですか？」

「そう」

薊さんは頷いて、長野さんを見た。

長野さんは青ざめていた。

「あなたは花束を受け取ると、花にレモンの汁をかけた。あらかじめレモン汁を入れたスプレーボトルを用意していたのでしょう。それなら霧吹き状ではなく、粗い水滴が噴き出るように調整もできる。そして変色を確認してから、悲鳴を上げた」

「違う。勝手なことを言わないで」

「あの花はあなたが選んだものですね。青山さんが、あなたにリクエストされたと言っていましたよ」

「好きな花を教えただけじゃない。そんなの、私がやった証拠にならない」

「帰り際、あなたから柑橘系の匂いがしたそうです。レモン汁をスプレーする時に、服についたんじゃないですか？」

「そんなわけないじゃない。匂いなんて気のせいよ」

長野さんは認めない。薊さんは表情を引き締めた。

「あなたは同時に複数の男性と交際していた。青山さんもそのうちの一人だった。でも、青山さんとは別れなければならなくなった」

長野さんは薊さんを睨んで唇を噛んでいる。

「自分の一方的な都合で、本気であなたと結婚するつもりだった青山さんと別れると、会社に居づらくなると考えた。青山さんは上司ですし、結婚を前提として、かなり高額なプレゼントをしていたそうですから。そこで、青山さんに落ち度を作ろうとした。あの花束は、青山さんと別れるための小道具だった」

「だから！」

バンと長野さんは机を叩いた。

「証拠を出せって言ってるの」

状況からいって、長野さんがやったので間違いないだろう。だが長野さんは強気だった。

おそらく、使っていたスプレーボトルは捨てたのだろう。花束も処分されている。証拠なんてあるはずがない。だから強気でいられるのだ。

しかし、証拠なんて必要だろうか。

長野さんがやったのはほぼ確定だ。それを青山さんに伝えればいいだけだ。それで、別れてよかったと青山さんが思えれば、それでいい。

……そう思うだろうか、あの青山さんが。

あの日、友人の森さんにも薊さんにも掴みかかっていた。青山さんは長野さんの虜と言っていいだろう。

その長野さんが、花の細工を認めていないのだ。青山さんは長野さんの言葉を鵜呑みにして、また貢がされたり、傷つけられたりするかもしれない。

しかも青山さんは「因縁をつけて名誉を傷つけようとした二人組をよこした男」という立場になる。これを吹聴すると、長野さんの立場は社内で安泰、むしろ青山さんの方が肩身が狭くなる可能性もある。

ここで終わらせてはいけないんだ。

薊さんも同じ思いなのか、尖り気味の顎に指の背を添えて、考えるような仕草をしていた。

「そのシルバーの指輪、あのレストランでもしていましたね」

「そうだけど」

「一部、黒ずみが取れていますよ」

「……は？」

長野さんは指輪に視線を落とし、逆の手で指輪を隠した。

「だったら、なによ」

「シルバーの表面が黒ずむのは、硫化が原因です。空気中の硫化物と銀が反応して〝硫化銀〟になり、表面に黒ずみの膜ができます。先ほどもお話ししたように、レモンは酸性です。レモンがついた部分が酸化還元反応を起こし、硫化膜が剥がれたんです」

薊さんは指輪を指さして、笑みを深めた。

「その指輪が、動かぬ証拠ですよ」

「……なによ」

長野さんは唇を噛みしめて、身体を震わせた。

「男のくせに、そんな綺麗な顔に生まれた人になんかわからないのよ！　私は若いって武器があるうちに、いい物件を探さないといけないの。時間がないのよ。年収二千万の医者と婚約できそうなんだから、邪魔しないで！」

長野さんは完全に開き直った。

「また物件か。人は不動産じゃねえぞ」

俺は思わず呟いた。

マリアも冗談めかして言っていたが、条件で人を判断するのはどうなのか。

昨年末に柴田さんが薊さんをさらったのは、二十代のうちに結婚したいという強迫観念に迫られたからともいえる。

結婚というのは、時期や条件でするものなのだろうか。その前に、もっと大切なものがある気もするのだが。

「急いでいても、誠意のある交際は出来ますよ」

「プレゼントのこと？　相手がくれるっていうんだから、いいじゃない。犯罪でもなんでもないでしょ。花にレモン汁をかけたからなに？　警察でも呼ぶ？　私は何罪？　私をどうしたいわけ？」

これが長野さんの本性のようだ。名刺を渡してきた時とは、まるで別人だ。

「青山さんに事実を打ち明けて、謝罪してください」

「……いやよ。もういいじゃない、別れたんだから」

「あなたが話さないなら、今の会話を会社の方全てに聞いていただきますけど」

薊さんは胸のポケットに入れていたスマートフォンをちらりと見せた。いつの間に録音していたんだろう。

「今なら、青山さん一人に話すだけですみますよ。どうされますか？」

「……」

長野さんは拳を握りしめ、ギリギリと歯を食いしばっている。

「待雪クン、青山さんを呼んできて」

青山さんが会議室に入ってくると、長野さんは条件反射のように姿勢を正した。そして、親に強制されてお見合いをした人と婚約しなければいけなくなった。花に細工をしたのは、この話をして青山さんを傷つけないためだったと、涙ながらに訴えた。

この人、女優になったら大成するんじゃないか。

俺は呆れて聞いていたのだが、青山さんは信じたようだ。つられたように涙を浮かべている。

「わかった、もうアヤちゃんを……いや、長野さんを困らせないよ。仕事に戻って」

長野さんはしずしずと部屋を出ていった。去り際に、俺と薊さんを睨む。「絶対に黙ってろよ」とその目は言っていた。

女って怖い。

「ありがとうございました。別れることになりましたが、スッキリしました」

青山さんは目頭をハンカチで押さえた。

「久しぶりに恋人ができて舞い上がっていたのかもしれません。それに、結婚を急いでいたんですよね。親が、早く結婚しろ、孫を見せろとせっつくので。アヤちゃ……長野さんと結婚することしか見えていませんでした。結婚が目的になっていて、もはや、好きだったのかどうかもわからなくなってきました。森のことも疑ってしまって、あいつには悪いことをした。怒っていましたか？」

「いいえ。むしろ、心配していましたよ」

俺が答えた。

「森に謝らないと。……本当に、ありがとうございました」

青山さんは深々と頭を下げた。

その顔は晴れやかだった。

外に出ると、快晴の青空が広がっていた。日差しは暖かいが、風は冷たい。

コインパーキングで料金を投入し、車に乗り込んだ。帰りも薊さんが運転席だ。

「薊さん、さっきは犯人を追いつめる探偵みたいでしたよ。特に指輪のところ。証拠なんてないんじゃないかって、ヒヤヒヤしていました」

「ああ、あれね」

薊さんはいたずらっ子のように笑った。

「あれは嘘だよ」

「嘘？」

意味がわからず、眉を寄せて薊さんを見た。

「指輪の黒ずみが取れている、って言ったのは嘘。僕、そんな細かいところ見えないよ」

薊さんは眼鏡ケースから取り出した眼鏡を振った。

「だったら、どうして？」

「彼女も見えないと思ったから」

そうか。長野さんもパソコンを使う時だけ眼鏡をしていると青山さんが言っていた。現に長野さんが会議室へ入ってきた時、薊さんと同じようにパットの跡らしきものが鼻の両脇にあった。

本当に黒ずみが剥がれているかどうか、長野さんは一瞬で確認できない。顔に近づければ見えるだろうが、そんな仕草をしては怪しいと思ったから、彼女もとっさに反対の手で指輪を隠したのだろう。

即座に黒ずみを否定できなかった時点で、彼女の負けだった。

「それに、レモンの汁が少しついたくらいじゃ、酸化還元反応なんて起こらないしね」

そうなのか。

「指輪のくだり、ほとんど嘘じゃないですか」

「証拠って言われた時のために、考えておいたんだ。本当っぽかったでしょ」

「見事に騙されました」

薊さんは植物に関しては立て板に水でものすごい知識量を誇るので、信憑性が増したのかもしれない。

「レストランに、あの指輪をはめて来ていたかどうかも賭けだったよ。僕は彼女のことを見ていなかったからね。指輪がダメなら、腕時計で揺さぶるつもりだったけど」

結構な策士だ。

「スマートフォンの録音も、念のためにしていたんですか？　ずっと一緒にいたのに、操作したのに気づきませんでした」

「録音なんてしてないよ」

「え？」

「やり方がわからないもの。スマートフォンって高機能すぎて、使いこなせないよね」

いつの時代の人ですか。

「嘘も方便、でしょ」

ぽかんとしている俺に、薊さんは微笑んだ。

相変わらず天使のような微笑みだったが、いたずら好きの黒い尻尾も、チラチラと見える気がした。

それからしばらくして、青山さんが花の注文をしに店にやってきた。

「あの件ですが、森は許してくれました。あのイタリアンレストランにも迷惑をかけたので、レストランの入り口に似合う花を贈りたいんです。花の種類は一之瀬さんにお任せします」

青山さんは予算を伝える。

「それでしたら、豪華なものができますね」

「そうじゃないとお詫びにならないし、金食い虫がいなくなったので」

青山さんは朗らかに笑う。元恋人のことは吹っ切れたようだ。

「長野さんは、会社を辞めました」

あの会議室のやり取りを、隣の部屋にいた女性社員が聞いていたらしい。

「青山さんを陥れた尻軽女」

「金品を貢がせる男の敵」

と噂が流れて、会社にいられなくなったという。

元々長野さんは女性社員から嫌われていて、悪意を持って噂は広められた。「客にまで色目を使う女」として、女性社員の中では有名だったことを、後から青山さんは知ったそうだ。

さらに、森さんの情報筋によると、長野さんは年収二千万の医者に振られたそうだ。医者の方も婚活として複数の女性とつき合っていて、長野さんはその選択肢の一つだったようだ。同じことをされていたわけだ。

「それを聞いて、俺はスッとしました。何人の男とつき合ってきたのか知りませんけど、人を不幸にして自分だけ幸せを掴もうなんて、調子が良すぎますから」

俺は正直な感想を述べた。青山さんは苦笑する。

「結婚しようとしていた女性ですから、幸せになってもらいたいですけどね。なんてことを言えるのも、彼女は仕事と結婚相手を失って、どん底だろうと思うからです。僕は時間やお金を失ったし、つらい思いもしました。でも友達のありがたさを改めて感じましたから、悪いことばかりではありません。高い授業料だと思うことにします。長野さんも一からやり直して、いいパートナーと巡り合っていただきたいです」

そう言った青山さんは、

「森が乗りたがっていた寝台特急のプラチナチケットが取れたので、今度二人で旅行するんです。これ、なかなか取れないんですよ」

と、得意げにチケットを俺たちに見せつつ、ワクワクした様子で店を出ていった。

「元気になってよかったですね」

レストランでの青山さんは、感情的で乱暴なので、ちょっとどうかと思っていたのだが、基本的にはいい人なのだろう。

恋は人を変えるのか。だとしたら、青山さんにこそ、いい巡り合わせがあるように願いたい。

いや、恋だけではないか。

人は人に大きく影響される。良くも悪くもなる。

俺はどちらも経験していた。

「ねえ、待雪クン」

「なんですか？」

「待雪クンから言い出してくれるのを待っていたんだけど。レストランで、僕にお願いを言いかけていたよね。あの続き、聞かせてもらっていいかな」

「……」

薊さんを飲みに誘ったあの日の、一番重要な用件だった。しかし話の途中で、ハッピーバースデートゥーユーの曲がかかってしまったのだ。

誕生日だという区切りと酒の力も借りて、思い切って話そうとしていた気勢をそがれてしまい、そのあと薊さんに言い出せなくなっていた。

「お母さんの俳句の話だったね」

「……はい」

一気に緊張して喉が渇くのを感じ、唾を飲み込んだ。

薊さんを見ると、真摯で柔らかな視線とぶつかった。俺はいつの間にか握っていた拳を緩め、ゆっくりと息をはいた。

「母が遺したノートに、桜の下になにかが眠るという内容のものがあります。ずっと気になっていました。でも、確かめる勇気がありませんでした」

「よくないものが、あると思っているんだね」

俺は頷いた。

「桜の木を、掘ってみようと思っています」

言葉を止めて、一度唇を湿らせた。

「薊さん、その時に、一緒にいてくれませんか」

薊さんは温かい笑みを浮かべた。

「僕でよかったら、喜んで立ち会うよ」

「……ありがとうございます」

目を背けて、できなかったことがいくつもあった。

だけど、止まっていた俺の時計を、薊さんやマリアが進めてくれた。

だから俺は変わることができた。

花と向き合えるようになった。
表情を取り戻した。
マリアの呪縛を解いた。

残すは、桜の木だけだ。

最終話　秘められた真実

「ただいま」

常に首から下げている鍵を使ってドアを開けた。お母さんはいつも家にいるけど、だいたい仕事部屋にこもっているので、返事は期待していない。

自分の部屋に向かう途中、居間から差し込む日差しに目を向けると、お母さんが庭にいるのを見つけた。つばの広い麦わら帽子を被って、首に手ぬぐいをかけている。手足は細いを通り越して折れそうだ。

オレは居間にランドセルを下ろすと、急いで縁側から庭に出た。

「オレも手伝う」

お母さんは不揃いになったツツジを、両手で持つ大きなハサミで切っていた。庭の手入れをしている時ぐらいしか、お母さんと話す機会はない。

ご飯は、コンロに置いてある鍋を温めたり、冷蔵庫に入っているおかずをチンして一人で食べている。お風呂も入りたい時に自分で沸かしていた。

学校行事にお母さんが来ることはなかった。

お弁当も、インスタントのご飯や冷凍食品を自分でお弁当箱に詰めて持って行った。

うちにはお父さんがいない。

そのぶん、お母さんが働いているのだから、自分のことは自分でするのが当たり前なんだ。

お母さんがチラリとこちらを見たので、オレはほうきを持って来て、切った枝や葉を集めた。なにもしないで傍にいると、じゃまだと言われる。

「お母さん、今日は絵を描いたんだ。上手く描けたから、後で見て」

「……」

返事はない。お母さんはあまり、オレと喋ってくれない。

「お父さんは、いつ帰ってくるの？」

この質問の時だけは、お母さんに反応がある。

保育園の時はよくお母さんに尋ねていたのだけど「お父さんはすぐに帰ってくるよ」と言いながら悲しい顔をするので、あまり聞かないようにしていた。

「お父さんは、いつも傍にいるよ」

いつもと返事が違った。

「お父さん、いるの？　どこ？」

「あの人は、いつも、ここにいるの」

お母さんは、ザクリとツツジを切った。ツツジを見ているようで、どこも見ていないような目つきだった。

「ここに」

お母さんに抱きしめられた。

びっくりした。

お母さんに触れるのは、いつぶりなんだろう。覚えていないくらい遠かった。

お母さんからは、アルコールの匂いがした。

嬉しくて抱き返そうとした時、背後でドサリと音がした。お母さんは立ち上がって、そのまま家の中に駆け込んだ。

土の上には大きなハサミが刺さっていた。

それから、お母さんは仕事部屋から出てこなかった。

「今日は、機嫌がいいのかもしれない」

さっき、ギュッとされたし。

近づくなと言われている仕事部屋をノックした。返事はなかった。

「お母さん、入るよ」

ドアを開けた。

部屋にはアルコールの匂いが充満していた。部屋の一角には酒の空きビンが大量に置かれている。

お母さんはパソコンに向かってキーを叩いていた。耳にはイヤホンがさしてある。オレの声が聞こえないのだろう。

六畳間には、本棚にびっしりと本が並べられていて、大きなプリンターやＦＡＸもある。雑誌関連の仕事をしているようだった。家中そうだけど、この部屋も物が散らばっていて足の踏み場があまりない。

「お母さん！　絵を描いてきたんだ」

大きな声を出したらやっとオレの声が届いたようで、お母さんはビクリと体をすくませた。

母の日が近かったので、授業でお母さんの絵を描く時間があった。

Ａ三の画用紙にお母さんの似顔絵と「お母さん、ありがとう。だいすき」とメッセージも入れてある。

お母さんの目の前に、絵を差し出した。

その絵を見た途端に、母の顔がゆがんだ。

次の瞬間。

目の前が真っ黒になった。

暗闇で火花が散る。

後頭部が熱くなり、その後に痛みが全身に走った。

どろりと、温かいものが額に流れてくる。

起き上がろうとしたけど、痛くて体が動かせなかった。なんとか腕を動かして、頭に当てた手の平を見ると、真っ赤だった。その手の甲からも血が流れている。

お母さんに突き飛ばされ、棚の角に激突したんだ。

オレは意識を失った。


薄々、気づいてはいた。

オレはお母さんに、嫌われていると……。

＊　＊　＊

呼び鈴の音がしているのに気づいて、母のノートから顔を上げた。慌てて玄関に駆け寄ってドアを開ける。

「すみません、ぼうっとしていて。もしかして、待たせましたか？」

「ううん、大丈夫だよ。車庫を使わせてもらっているからね」

綿で作ったようなふわふわの白いVネックセーターに白いコートを着た薊さんが立っていた。スタイルがいいので、どんな恰好をしていても似合うけど、白い服がレフ板のような役目になって、透き通るような肌や宝石のように輝く黒い瞳が際立っていた。気を抜くと見とれてしまいそうになる。

美人は三日で飽きるというけど、俺はいつになったら見慣れるのか。

「薊さん、忙しいのにすみません」

車で来ると聞いていたので、車庫のシャッターは開けておいた。

定休日なので俺はバイトがないが、薊さんは配達やイベントの生花装飾、ショーウィンドウ・ディスプレイなどで忙しくしていた。その帰りに寄ってもらったのだ。

「はい、お土産。甘いものは苦手だって聞いていたから、揚げパスタにしたよ。お酒にも合うってお店の人が言ってた」

「わざわざ来てもらったのに、土産なんて」

「もう買ってきちゃったから、受け取って」

俺は恐縮しながら紙袋をもらって、薊さんを居間に案内した。部屋の掃除や片づけはしたつもりだ。

もらった土産は、ゲストに出すものなのだろうか。リコリスの遠藤さんはそうしていたけど。

俺はほうじ茶と揚げパスタを盆に載せて、居間に運んだ。揚げパスタは五種類の味と形の詰め合わせで洒落ていた。

「すみません、うちには酒がないので、お茶で」

「車で来てるのに、お酒を出されても困るよ。どうしたの待雪クン」

笑われてしまった。

確かに、今日の俺はおかしい。

コンセントを抜いたまま炊飯器のスイッチを入れていたり、風呂を沸かし忘れて水風呂に入りそうになった。さっきは洗顔料で歯を磨いてしまったので、まだ口の中がヒリヒリしている。

理由はわかっている。

桜の木を掘り返そうとしているからだ。

「すごい写真の数だね」

薊さんは長押に三百六十度並べてある花の写真を見上げた。

「母が庭の植物を写したようです。照らし合わせたことはないですけど、同じみたいなので」

庭では植物が四季折々の花を咲かせているが、今は二月なので、花をつけている植物は少ない。その中で、クリスマスローズやシクラメン、そしてスノードロップなどが閑散としがちな庭を彩っていた。

その奥には、枯れた大きな桜の木がどっしりと構えていた。その枝をよく見ると、春に備えて蕾をつけている。

「あちっ」

庭を見ながらお茶を飲み、口内に痛みが走って、湯呑みを倒しそうになった。

「待雪クン、猫舌だった？　水持ってくる？」

「いえ、大丈夫です」

さっきの洗顔料のせいだ。

俺は頭を抱えた。

さっさと本題に入って、こんな落ち着かない状態を終わらせよう。

「薊さん、このノートを見てください。母が遺したものです」

俳句で埋め尽くされている、色あせたA五のノート。

「母は毎日、かなりのアルコールを飲んでいたようです。それが祟ってか肝硬変になり、寝たきりになった頃、このノートを渡されました。そして、赤く囲っている句をよく読むようにと言われました」

何度も読んだので、そのページは開きやすくなっている。赤く囲っている句は、最初でも最後でもなく、中途半端なページに書かれた一句だけだ。

秘するもの眠る桜の下なりし

「初めは、ただの俳句だと思っていました。でも、ほとんど俺と口をきかなかった母が、死ぬ間際になって伝えた言葉には、意味がある気がするんです」

薊さんは、静かな瞳を俺に向けた。

「待雪クンは、桜の下に、なにが眠ると思っているの？」

俺は湯呑みを強く握った。

覚悟を決めて、言葉にする。

「父です」

薊さんはわずかに瞠目し、庭に目を向けた。

「あの桜の木に？」

「はい」

「なぜそう思うのか、聞かせて」

俺は父親に会ったことがなかった。写真を見たこともない。

物心がついた頃、友達には当たり前のようにいる父親が、自分にいないことが不満だった。母に尋ねると「すぐに帰ってくる」と言われた。

「離婚や死別なら、そう言ったと思うんです。でも、何度聞いても答えは〝帰ってくる〟でした」

だから父には事情があり、どこか遠くにいるものだと思っていた。

ところが、いつからか答えが変わったのだ。

ここにいる、と。

「同居していた祖父母に父親のことを尋ねると『お前に父親はいない、考えても無駄だ』でした」

この言葉も、離婚や死別とは違う印象を受けた。

父はどこにいるのだろうと考えて、ノートの俳句を思い出した。

「母が、家に戻ってきた父を、桜の木の下に埋めたのではないかと思いました。庭の手入れを欠かさなかったのは、父の遺体を隠す意味合いがあったのだとすれば、合点がいきます」

「お母様は、そんなことをするような人だったの？」

「……わかりません」

同じ屋根の下で暮らしてはいたが、母の性格を把握できるほど一緒にはいなかった。ただ、乱暴だったのかというと、そうではないと思う。突き飛ばされて怪我をしたことはあるが、一度きりだ。その後は口をきかなかったし、目が合うことすらなかった。

ノートを渡される日までは。

「なにを考えているのか、わからない人でした」

薊さんはノートをパラパラとめくった。

「お母様の俳句は、同じ言葉が多用されているね」

「友待つ雪、ですね」

俺も気になっていた。自分の名前が使われているのだから、自然と目につく。

「〝友待つ雪〟って、次の雪が降るまで、消えずに残っている雪のことだそうです」

「綺麗で、少し切ない言葉だね」

来ぬ人や友待つ雪に月の影

「残された雪と同じく、訪ねて来るあてのない友を待っているなか、ただ月光がさしている。そんな感じかな」

薊さんは別の俳句を読む。

共白髪あくがれて友待つ雪よ

「夫婦ともに白髪になるまで長生きすることに憧れながら、友を待っている。そんな意味になりそうだね」

薊さんはゆっくりとページをめくって、俳句を目で追っている。

「他の句もそうだけど、友待つ雪を使うと、友を待ち焦がれるような情景になるね。この〝友〟の部分は、思い人にした方が、句がスムーズになる気がするよ。この句たちは夫を、待雪クンのお父様を待つ思いを詠んだものじゃないかな」

「はい。母は父を待っていました」

俺に「お父さんは帰ってくる」と言いながら、父の帰りを一番待ち望んでいたのは、母だったのだ。

「お父様の名前は、〝友〟がつくのかもしれないね。ダブルミーニングは、句の世界でよく使われるから」

「父の名前は知りません」

「戸籍は？」

急に話が変わったので、ノートから薊さんに視線を移した。

「大学入学の手続きで、戸籍抄本取り寄せたでしょ。そこに、ご両親の名前はなかった？」

覚えている。父の名前を知るチャンスだと思っていたから。

「母の名前しかありませんでした」

「……そう」

「よく考えたら、おかしい、ですよね」

あの時は、父はずっと一緒に住んでいなかったから、戸籍に記載がないのは当たり前だと思った。しかし、もし両親が離婚をしておらず、父が行方不明だったとしたら、戸籍抄本に父の名前が載るはずだ。

また、もし父と死別していたとしても、父の名は記載されるだろう。亡くなった母は載っているのだから。

「どういうことでしょう。両親は離婚していたということですか」

「離婚していても、ご両親の名前は記載されるはずだよ。ご両親が別れても亡くなっても、待雪クンの親であることに変わりがないからね」

「それなら、なぜ父の名は載っていないのでしょうか」

親子であれば記載されるはずの、父親の名がない。俺は養子なのか？

頭が混乱してきた。

「お母様は未婚のまま、待雪クンを出産した。……ということだろうね」

「未婚」

俺には元々、父親がいなかった。いや、母一人では妊娠できないのだから、いないわけではないのだが……。

「待雪クン、大丈夫？」

「はい。予想外だったので」

俺は両手で額を押さえた。

母は結婚せずに俺を産んだ。

それから一人で俺を育てつつ、この家で父を待っていた。

「どんな思いで、父を待っていたんだろう」

結婚していないということは、父は母を孕ませて姿を消したということか。だとしたら、母は父のことを恨んでいたのではないか。

俺が父の名前も顔も知らないだけで、母は知っていたのだから、連絡をして何度も呼び寄せていたかもしれない。

復讐のために、母は父を待っていたのか。

そして、家に来た父を――

「やっぱり、桜の木の下に父が埋まっている気がします」

「そうかな」

薊さんはノートに目を落としている。

「どの句からも、切ないほどの愛おしさが伝わってくるよ」

「だからこそじゃないですか」

思いが強いほど、憎しみも深くなる。だから愛憎事件はなくならないのだろう。俺には理解できない感情だけど。

「掘ってきます」

「うん……」

薊さんは歯切れの悪い返事をして、小首をかしげた。

「秘するもの眠る桜の下なりし。お母様が待雪クンに託したかったものが、桜の下にあるはず。桜の下……」

薊さんは考え込んでしまった。

俺は縁側から庭に出て、スコップを持って桜の木に向かった。最近雨が降っていなかったので土が固いことに加え、桜の根が広範囲に伸びていて、どこから掘っていいのかわからない。

「僕も手伝うよ」

薊さんが沓脱石《くつぬぎいし》に置かれたサンダルを履いて、庭に出てこようとする。

「大丈夫です、スコップは一つしかありませんし。寒いから中で待っていてください」

そう言ったのだけど、薊さんは「傍にいるよ」と近くにいてくれた。

「桜の木って、根がすごいですね」

「桜の木は根が走るといわれていて、枝と同じ長さで地中にも根を張っているそうだよ。とても強い根だから、〝根上がり〟といって、根が歩道の舗装や家の基礎を壊してしまう問題が起こるんだ。ここの庭は広いから大丈夫だと思うけど、桜はあまり住居には向いていないんだよ」

そんな薀蓄を聞きながら、俺は桜の木の下を掘った。根が邪魔で思うようにスコップが入らないが、それは母も同じだったろうと仮定し、出来る所を進めた。

……何時間経ったのか。

桜の周辺は穴だらけになった。

「おかしいな。母は華奢だったので、そんなに深くは掘れないと思うんですよ」

俺は肩で息をする。力仕事をしたので体が熱くなっていた。吐く息が白い。

「もっと範囲を広げてみますか」

「ここじゃ、ないんじゃないかな」

薊さんが遠慮がちに言った。

「ここじゃない？」

「うん」

「でも、うちにある桜の木は、この一本ですよ」

薊さんは「そうだね」と頷いた。

「だけど僕が見た範囲で、もう一か所、桜があったよ」

「もう一か所？　どこですか」

薊さんは居間を指さす。

「あの写真」

「……あ」

確かに、桜だ。

「でも写真の下じゃ、埋められませんよ」

「埋まってるんじゃなくて、秘するものが眠ってるんでしょ」

そうだった。完全に、桜の木の下に父が埋まっている気になっていた。

俺たちは居間に戻った。

「桜の写真を取り外します」

俺は長押の上に手を伸ばして、桜の写真が入った額縁を持ち上げた。写真にしては重みがある。額縁の重さだろうか。

「すみません、額まで掃除していなかったので、埃が積もってますね」

写真の表面が白っぽくなっているのは、日焼けのせいだけではなかった。

「それより、見て待雪クン。額のバックボードが浮いてる」

「そうですね」

裏板が額の高さより、明らかに盛り上がっていた。板を留めるストッパーで無理矢理押さえている感じだ。

「写真以外に、なにか入っていそうです」

長年触っていなかった鉄製のストッパーは錆びていて、開けるのに手こずった。俺が緊張しているのもある。

「開いた」

裏板と桜の写真の間に、A五のノートと、そのノートと同じくらいの大きさの巾着袋が入っていた。

「またノートか」

パラパラとめくってみる。母の日記のようだった。

後半のページに一か所、付箋が貼ってあった。目印だろうか。

そのページを開いて、ドキリとする。

待雪へ、と書いてあった。

日記は前ページまでで、付箋のページからは、俺へのメッセージのようだった。

筆圧が弱く線が細い字なのは、身体が衰弱してから書いたせいだろう。

＊　＊　＊

待雪へ

このノートを見つけてくれると信じています。

あなたになにもできなかったけど、最期に母親らしいことをしたくて、ここに隠しました。

それに、私の気持ちをあなたに伝えたい。

これを読む頃には気づいていると思うけど、あなたは私一人で産みました。

あなたの父親の名は書きません。私が妊娠したと知って逃げ出した、どうしようもない人です。

でも、私はあの人を愛していました。

だから姿を消したことが信じられず、思い出の詰まったこの家で待つことにしました。

いつかきっと迎えにきてくれると、望みをかけて。

そんなことは、あるはずがないのに。

あの人との子供がいれば、幸せに暮らせると思っていました。

でも、それは間違いでした。

捨てられた悲しさや淋しさを紛らわそうと、お酒に走りました。体を壊し、鬱病を発症しました。医者にとめられても、お酒はやめられませんでした。

毎日泣いてばかりで、立ち上がることができない日もありました。昼夜逆転し、母親としての最低限のことすらままなりません。それでも生活するために、なんとか仕事はしていました。

こんな情けない姿を見せてはいけないと思い、あなたには近づきませんでした。

不甲斐ない母親でしたが、あなたはすくすくと育ってくれましたね。それだけが励みで生きていたようなものです。

誕生日を祝うことも、季節の行事をすることもできなかったけれど、あなたの成長を嬉しく思っていました。

ところが、小学校にあがったあなたを見て、気づいたんです。

あの人に似ていると。

大きくなるにつれて、あなたはますますあの人に似ていきました。

愛していて、同じくらい憎んでいるあの人に近づくあなたを見るのがつらかった。

あなたも、きっと私を裏切って離れていく。

その頃から、幻覚を見るようになったのです。

あなたが、あの人に見えました。

あの人が迎えに来てくれた。違う、あの子だ。いいえ、あの人はここにいる。

あなたが小学二年生くらいのことでしょうか。私がツツジの剪定をしていた時のことを、覚えていますか?

私は危うく、あなたを剪定ばさみで刺すところでした。

寸前で我に返り、慌てて家に駆け込みました。

自分がおかしくなっている自覚はありました。ふと、正気に戻ることがあるからです。

その夜、あなたは私に、絵を見せに来てくれました。

「だいすき」という言葉が見えた途端に、怒りで頭が真っ白になりました。

私は「嘘つき!」と叫びながら、あなたを突き飛ばしました。

あなたに大けがをさせてしまいましたね。

私はあなたにとって危険な存在になってしまったと思いました。

もう、あなたの傍にいる資格はない。


私は、両親を呼び寄せました。

これだけは、したくなかったことでした。

あなたも知ってのとおり、ギャンブル好きでどうしようもない両親です。私は縁を切っていました。でも、あなたにはまだ、大人の庇護が必要です。

あんな親にはなるまいと反面教師にしていたのに、私も結局、よい母親にはなれませんでした。

本当にごめんなさい。


でも、これだけは知って欲しい。

私は、あなたを愛しています。

大切だからこそ、自分の手で傷つけるのが怖くて、近づけなかったのです。


私があなたに残せるものは、財産くらいしかありません。

あなたを受取人にした生命保険は、きっと両親が使ってしまうでしょう。そういう親です。

だから、両親に気づかれないよう、ここに隠しました。

あなたの将来に役立ちますように。

待雪、愛しています。

誰よりも、幸せになってください。

＊　＊　＊

日付は、俺が小学六年生の春。母が亡くなる二か月ほど前だ。

巾着袋の中には、俺名義の通帳と印鑑が入っていた。口座には驚くほどの大金が預金されている。

「飲んだくれてたくせに、どうやって貯めたんだよ、これ」

「待雪クンのために、頑張ってくれてたんだね」

薊さんにハンカチを渡された。

「いいお母様だね」

「……俺」

頬に手を当てる。

その手は濡れていた。

表情が固まってからは、どんなに悲しくても涙が出なかったのに。

母が死んだ時も泣けなかった。

ただ白い顔を眺め、冷たくなりきるまで、だんだんと冷えていく母の手に触れていた。

「母さん……」

俺はハンカチで目を押さえてうつむいた。肩が嗚咽で震える。今まで泣けなかった分、ダムが決壊したみたいに、バカみたいに涙が流れた。

温かい手が背中に触れた。

そのまま、ゆっくりとさすってくれる。

「待雪クン」

独特のイントネーションの柔らかい声が胸に沁みた。

俺の涙が止まるまで、薊さんは背中をさすり続けてくれた。

それからしばらく経った三月。

冷え込みのピークは過ぎて、春を感じさせるようになった。

長い春休みが続いているので、俺はフルタイムでバイトをしている。

朝の水揚げ作業が終わって、オープン時間が近づくと、薊さんに呼ばれた。

「今日から新しいバイトさんが入るよ」

薊さんの言葉に、胸が弾んだ。

やっと増えるのか。

どう考えても、仕事量に対して二人では人が少なすぎた。しかし、店の外にバイト募集の紙が貼りっぱなしなのにもかかわらず、なかなか希望者が現れなかった。

俺はずっと新規アルバイトが欲しかった。それは、仕事で楽をしたいという意味ではない。

俺が期待すること。それは、知人が増えることだ。

今更大学で友達を作れる気はしないのだが、毎日のように会う花屋でなら、仲良くなれそうな気がする。

表情が人並みに戻ってきたこと。それに桜の謎が解けたことで肩の荷が下りて、今まで諦めていた〝友人を作りたい欲〟がわいてきたのだ。

どんな人が入って来たのだろうと、内心ワクワクしながら薊さんの近くに行った。

すると薊さんの後ろから、膝上のミニスカートを翻して、新人が顔を出した。

「新人アルバイトの碓井マリアです！　マッツー、よろしくね」

「マリア」

俺は開いた口がふさがらなかった。

紛う方なく、幼なじみの隣人だった。

「なんでお前がいるんだよ」

「耳が遠いのかな？　アルバイトって言ったでしょ」

俺の友達を増やそう計画は脆くも崩れ去った。

「待雪クンと碓井さんは、幼なじみなんだってね」

「そうです！　私のこと、マリアって呼んでください。私も蓟店長って呼んでいいですか？」

「もちろんだよ、よろしくねマリアちゃん」

「きゃっ、マリアちゃんって呼ばれちゃった！　やったね」

おいおいおい。

俺はマリアの首根っこを掴んで引き寄せた。

「あれ、マッツー、嫉妬かな？」

「遊びじゃねえんだぞ」

「わかってるよ。言っておくけど私、マッツーより花の知識あるんだからね。何年マッツーの庭の花の手入れをしてきたと思ってるの」

ぐっ。

「だいたい、マッツー家にいないじゃん。会うんだったら、ここでバイトするのが手っ取り早いと思ったの」

「そんな理由かよ」

「そんな理由だよ。嬉しいでしょ」

「マッツーが絡んでくると時間のロスだよ。私はちゃんと仕事するもんね」

「アホか」

そう言ってマリアは開店準備を始めた。

なんというやかましさだ。薊さんは作業をしながら、俺とマリアのやりとりを笑顔で見ている。

「女の子がいると華やぐね」

「うるさいだけです」

うんざりしていると、入り口に大きなシルエットが現れた。

「アーザーミーン！」

うわ、また騒がしい人が来た。

「今日も可愛いね！」

満作さんは今回も独創的な服装で現れて、薊さんを抱きしめた。

「兄さん、人前ではやめてったら」

「イケメンブラザーズが揃った！　初日から幸先がいい。写メ撮りたいっ」

マリアがぴょんと飛び上がった。

「その子が新人ね。番犬君がいるから大丈夫だろうけど、一応チェックしに来たの」

そうだった。この人は新しく人が入るたびにチェックしに来るんだ。

一通り薊さんを抱擁した後、満作さんは指先でマリアを呼んだ。

「わあい、ビジュアル系イケメンお兄様から指クイされちゃった」

マリアはスキップでもしそうな軽い足取りで満作さんに近づいた。

そんなマリアの様子に、フロアの奥に行く前に満作さんは足を止めた。

「番犬の幼なじみなんだって？」

「番犬ってマッツーのことですか？　まあ、腐れ縁というか、未来の旦那様というか」

俺は転びそうになった。

「あなた、番犬狙いなんだ」

「狙っているというか、赤い糸で結ばれているので仕方がないですね」

マリアは小指を立ててみせる。

「ちょ、マリアやめろ！　冗談でもそういうことを吹聴するな」

「マッツー、すっごい顔赤い。そんな顔もできるようになったんだね、成長してるなあ。えらいえらい」

「からかうな。そうじゃなくて」

俺は額を押さえた。口数でマリアには勝てない。

「真面目に働く気はあるのね？」

「もちろんですとも！」

満作さんが腕を組んで問うと、マリアは力こぶを作る仕草をした。

「じゃあ、チェックはいいや」

満作さんが薊さんの近くに戻っていく。

「いや、やってくださいよ満作さん」

マリアにも、俺の時みたいに睨みをきかせて地を這うような声を聞かせてやってほしい。

「ああもう、薊さん、なんてことをしてくれたんですか」

「ふふっ、職場は楽しい方がいいよね」

満作さんに髪をアレンジされながらも、薊さんは笑顔でレジ周りの準備を整えていく。

「そうそう、黒川さんの相談を見事に解決してくれたでしょ」

満作さんが言う。黒川さんの娘がやらかしたハーブの件だ。

「その噂を聞きつけて、クライアントが植物関係で不思議なことがあったから、話を聞きたいって言ってたの。この店のこと教えておいたから、近々来ると思う。対応お願いね。くれぐれもストーカーと間違えないように」

満作さんがなぜか俺を見ながら言った。

あれは全面的に黒川さんが悪いだろう。

「花屋に集まる謎、キタ！　マッツーから聞いていたんですよ。今度は私も最初っから関わりたいですっ」

マリアが手を挙げた。挙手制じゃないぞ。
こんなにやかましくなって、花屋の営業は大丈夫なのだろうか。
でも。
薊さんの言うとおり、楽しい職場になりそうだ。

おわり

あとがき

このたびは本書をお手に取ってくださり、誠にありがとうございます。神楽坂・花・ミステリーと、私の好きなものを詰め込んだ本を上梓することができ、感無量です。

神楽坂の近くに事務所を構えていた時期が数年あり、ランチついでによく神楽坂を散歩しました。ぶらりとするだけで楽しい趣のある街です。

書籍化にあたり、神楽坂の魅力をきちんと把握して伝えたいと思い、粋なまちづくり倶楽部・理事の藤野貴之様に神楽坂ガイドをしていただきました（その節はお世話になりました）。

本作で薊さんが探していた、かくれんぼ横丁の石畳にある「特別な石」の話は、藤野様にお聞きしました。皆様も神楽坂に行かれる際には探してみてください。きっとご利益があるはずです。ちなみに、私も見つけました。

思い切って俳句に挑戦したのですが、そのつたない俳句を、なんと俳人の堀本裕樹先生に添削していただけることになり、舞い上がりました。プロローグに登場する句を見るたびにうっとりしています。堀本先生、本当にありがとうございました。

また、装画を担当してくださったｙｏｃｏ先生、緻密で美しいイラストをありがとうございました。色気がありながら耽美過ぎないバランスが絶妙です。お忙しいなか、要望を聞き入れてくださって感謝しております。

そして、いつも親身に対応してくださり、温かい言葉で励ましてくださった編集の佐藤様。初めていただいたメッセージは感極まって泣きそうでした。感謝の言葉もありません。そのほか、本書発行にご尽力いただいたすべてのかたに感謝しております。

初めての著書なので、友人へのお礼も書かせてください。長年、小説の感想、応援、アドバイスをくれてありがとう。みんながいなければとっくに筆を折っていました。発売が決まってから励まし、サポートしてくれた友人、本当にありがとう。

書籍化に導いてくれた小説家のＨ先生、情報を下さった花卉業界の方々、執筆の腕を共に磨いてきた仲間――切りがないほどの感謝で、本書はできています。

最後に、本書を読んでくださった全てのかたに、心から感謝いたします。少しでも楽しんでいただけたら幸いです。

再び、神楽坂にある花屋の面々の謎解きをお届けできましたら、これ以上のことはございません。応援よろしくお願いします。またお目にかかれますように。

二〇一九年十一月二十一日　じゅん麗香

解説——俳句に託された母の想い

俳句とは「世界で最も短い」と呼ばれる定型詩です。基本的には五・七・五の十七音からなり、季語を含みます。

俳句は待雪の母の趣味であり、この物語では大事な役割を担っています。

その俳句を、俳人・堀本裕樹先生が添削してくださり、よりミステリアスに、そしてピリッと引き締めてくださいました。

本編では既に添削後の俳句が掲載されていますが、ここでは原句と、添削時の堀本先生のコメントを公開いたします。

■ **堀本裕樹先生プロフィール**

俳人。「蒼海」主宰。いるか句会、たんぽぽ句会も指導。2019年4月より「NHK俳句」第4週の「俳句さく咲く！」選者。著書に句集『熊野曼陀羅』、又吉直樹さんとの共著『芸人と俳人』、最新刊は『ねこもかぞく』、『桜木杏、俳句はじめてみました』。

原句

秘めたるは桜の下に眠りたる

添削後

秘するもの眠る桜の下なりし

堀本先生コメント

原句は「秘めたるは」と最初から散文的に説明しているので整えました。最後に「桜の下」を見せたほうが、謎が深まる感じがでますね。

原句

人見えぬ友待つ雪や月明かり

添削後

来ぬ人や友待つ雪に月の影

堀本先生コメント

「来ぬ人や」と最初に来ない人に思いを馳せるように詠嘆し、月明かりを「月の影」にすることで、いっそう来ない人の影まで感じさせるようにしてみました。「月の影」は月の光という意味です。

原句

夢に見つ友待つ雪ぞ共白髪

添削後

共白髪あくがれて友待つ雪よ

堀本先生コメント

原句は少し意味がわかりづらいので整えました。「あくがれて」は憧れての意味で、「夢に見つ」よりも強くてわかりやすい憧憬が出ると思います。

ことのは文庫

花《はな》咲《さ》く神楽坂《かぐらざか》

～謎解《なぞと》きは香《かお》りとともに～

2019年12月27日　初版発行

著者　じゅん麗香《れいか》

発行人　武内静夫

編集　佐藤　理

印刷所　株式会社廣済堂

発行　株式会社マイクロマガジン社
URL：http://micromagazine.net/
〒104-0041
東京都中央区新富1-3-7ヨドコウビル
TEL.03-3206-1641 FAX.03-3551-1208（販売部）
TEL.03-3551-9563 FAX.03-3297-0180（編集部）

本書は、小説投稿サイト「小説家になろう」（http://syosetu.com/）に掲載されていた作品を、加筆・修正の上、書籍化したものです。
定価はカバーに印刷されています。

ISBN978-4-89637-952-5 C0193
乱丁、落丁本はお取り替えいたします。